中国散文 60 强

谁是最后记得我的那个人

谢宗玉 / 著

北京联合出版公司
Beijing United Publishing Co.,Ltd.

图书在版编目（CIP）数据

谁是最后记得我的那个人 / 谢宗玉著. -- 北京：北京联合出版公司, 2024. 8. --（中国散文60强）.
ISBN 978-7-5596-7831-7

Ⅰ．I267

中国国家版本馆CIP数据核字第2024DL7533号

谁是最后记得我的那个人

作　　者：谢宗玉
出 品 人：赵红仕
出版监制：张晓冬
责任编辑：周　杨
特约编辑：和庚方　张　颖
封面设计：立丰天

北京联合出版公司出版
（北京市西城区德外大街83号楼9层　100088）
三河市同力彩印有限公司印刷　　新华书店经销
字数150千字　650毫米×920毫米　1/16　14印张
2024年8月第1版　2024年8月第1次印刷
ISBN 978-7-5596-7831-7
定价：65.00元

版权所有，侵权必究
未经书面许可，不得以任何方式转载、复制、翻印本书部分或全部内容。
本书若有质量问题，请与本公司图书销售中心联系调换。
电话：17710717619

"中国散文60强"丛书

编委会

丛书总策划

张　明　　著名出版人

编委主任

邱华栋　　全国政协常委

　　　　　中国作家协会副主席、书记处书记

编　委

叶　梅　　中国散文学会会长

陆春祥　　中国散文学会副会长

冯秋子　　中国作家协会原社联部副主任

吴佳骏　　《红岩》编辑部主任

张　英　　资深媒体人

文　欢　　作家、资深编辑

中华散文的文脉与发展

——"中国散文60强"总序

邱华栋

中国是诗的国度,亦是散文的国度。

穿越千年时空,从明清至唐宋,再由魏晋南北朝至两汉先秦一路回溯,汉语言文学中的散文实乃根深叶茂,硕果累累。无论是"唐宋八大家"之雄文美文,还是骈俪多姿的辞赋,以及名垂史册的《史记》《左传》,均为中国文学史上的璀璨明珠。"散文"与"诗"一道,成为中国文学的"嫡系"。尽管,后来从西方引进嫁接技术所催生的"小说",大有"喧宾夺主"之势,终究还得"认祖归宗",血脉和基因是无法改变的。

在中国散文流变历程中,曾出现过两次鼎盛期。一次是被文学史家所公认的"先秦散文"时期。其时,伴随着春秋时期的思想解放,诸子蜂起,百家争鸣,一大批散文家以饱满的气血、驳杂的学识和破茧的精神,创造出了散文的繁荣和辉煌局面,对后世产生了极大的影响。

到了"五四"时期,中国散文迎来了第二次鼎盛期。白话文如劲风激浪,吹刮和涤荡着神州大地。沉睡的雄狮醒来了,偃卧的小草开始歌唱。许多学贯中西的进步文人,肩扛文化变革的大纛,冲锋陷阵,掀起了一波又一波的新文学浪潮。《新青年》上刊载的散文,犹如一束束亮光,不但给人以希望,还给人以力量。"五四"以来的散文作品，无论是观念和主题，还是形式和风格，都跟以往的散文迥然不同。最具代表性的，当属鲁迅先生的散文（包括杂文），其刚健、凌厉的文质，疗救了中国散文长久以来颓靡不振、钙质疏流的顽疾。此外，周作人、郁达夫、朱自清、萧红、沈从文等一大批作家的散文创作亦各具特色，呈一时之盛，影响深远。

时代的前行催生了文学的发展，然而文学与时代有时并不同步甚至充满了"张力场"。"五四"的个性解放虽然催生了一批个性鲜明的散文精品，但这样的生态并未持续多久，中国散文的波峰出现了向低谷滑行的趋势。有论者指出，"散文在50年代既是对解放区散文文体意识的放大，又是对五四散文文体精神的进一步偏离。这种放大和偏离表现在个体性情的抒发让位于时代共性或者时代精神的谱写，政治标准优先于艺术标准，批判性为歌颂性所取代等诸方面。"（董健、丁帆、王彬彬《中国当代文学史新稿》）1960年代初，散文创作一度出现了活跃，"专业"从事散文创作的作家群凸显出来，刘白羽、杨朔、秦牧相继登场，迅速成为散文界的三位名家。但他们的作品后人评价褒贬不一，认为其中颂歌式的写法较为单向，这种模式化的写作，不但对散文的建设毫无益处，反而扼杀了散文的个性和神采。

"文革"十年，中国散文更是一片凋零和荒芜，乏善可陈。1970年代末，一些历经浩劫的作家开始复血，解除思想枷锁，重新拿起笔来写作，中国散文才又凤凰涅槃，焕发生机。加之各种文学刊物纷纷复刊和创刊，以及大量西方文化读物的译介出版，更为这些饥渴、桎梏太久的散文作者提供了登台亮相的舞台和瞭望世界的窗口。

1980年代初期，伴随改革开放的热潮，思想解放大旗招展，文化随之繁荣，诸多承续"五四"精神的作家以笔为旗，抒发胸中压抑既久之块垒，出现了一批抒情性质浓郁的散文，使得现代散文这块"百花园"芳菲争艳，蔚为大观。特别是1980年代中期，随着作家主体意识的不断强化，中国文学开始呈现出一个崭新局面，作家从"集体意识"中抽身而出，重新返回"个体"，注重对生活的体察和内在情感的表达。这一时期，散文的艺术性得以强化，文本的精神内涵和表现空间得以拓展。

进入1990年代，社会发展日新月异，城镇化进程锐不可当，文化领域亦呈多元格局。各种文学思潮相互碰撞，人文精神的讨论更是打开了作家们的创作思路。"大散文"概念的提出，引发了散文界对散文的内涵和外延的重新讨论和界定。风靡一时的"文化散文"热，成为文坛上一道靓丽的风景。"新散文""原散文""后散文""在场散文"等散文流派"你方唱罢我登场"，争奇斗艳，各领风骚。

及至二十世纪末，一批深具先锋意识和文体自觉的新锐作家，像一头公牛闯入瓷器店，使散文天地发生了激烈的碰撞和变化，形成一股新的散文潮流，提升了散文的审美品质和精神向度。

纵观1978年至2023年四十多年来，中华大地在"改开"的黄金时代中，社会生活奔涌激荡，各种思潮风起云涌，散文创作更是云蒸霞蔚、气象万千，涌现了众多成就斐然、风格各异的散文作家和具有思想深度、艺术上乘的散文作品。岁月的流水冲走了枯枝败叶和闲花野草，中流砥柱却巍然屹立。时间留住了新时代的散文经典，经典在时间的长河中绽放光芒。以沙里淘金的经典散文向"改开"的时代致敬，是我们不可推卸的责任和义务。

别看散文的门槛貌似很低，要真正写好，却实属不易。优质散文是有难度的写作，它不但需要作者的智识、胸襟、眼界、修养和气度格局；更需要写作者的态度、立场、慈悲、良知和批判勇气。遗憾的是，散文创作繁荣和光鲜的另一面，却是大量平庸甚至低劣之作的泛滥，不但败坏了读者的胃口，而且造成了物质和精神的极大浪费。散文作家层出不穷，散文作品汗牛充栋，可真正能让人记住的散文佳构却凤毛麟角。

散文要发展，文学要前行。发展和前行就要从平庸的樊篱中突围。在突围的过程中，散文作家不可太"聪明"，不可太世故，要永存对文学的敬畏之心。一言以蔽之，散文的尊严来自散文作家的尊严。也可以说，要想散文繁荣，首先需要有一批人格健全，品德高尚，铁肩担道义的散文作家。什么样的人写什么样的文章。特别是写散文，最容易看出一个作家的内在品质和境界涵养。一个人格不健全的人，哪怕他作文的技法再高妙，也很难写出撼人心魄、抚慰灵魂的散文来。作家精神品质的高低，直接决定其作品的精神向度。

为了散文写作的突围和发展，为了建设独具特质的当代散文，也是为了更好地从经典散文中汲取营养，我认为有必要正视和重申一些常识性的思考。高头讲章的理论是灰色的，常识之树却蕤葳常青。

一、作家的个体精神决定散文的优劣。常言道，散文易学而难攻。难在什么地方，不是难在技巧，而是难在作家个体精神的淬炼上。倘若作家的个体精神不够丰富，不够深刻，不够清澈，纵使他手里握着一支生花妙笔，也写不出令人称赞的散文。那么，如何才能做到个体精神的丰富性呢，这就要求作家时时刻刻不背离生活，要知人情冷暖，体察人间百态，关心民瘼，有忧患意识，不要做生存的旁观者。一个冷漠甚至冷酷的人，是不适合从事散文创作的。

二、真诚是确保散文品质的基石。散文创作跟作家的生存经验息息相关，可以说，真正优质的散文，无不牵连着作家的血肉和心性。作家的喜怒哀乐，悲欢离合，都或隐或显地暗含在他的作品中。假如在一篇散文作品中，读者既看不到作者的体温，又看不到作者的态度，那这篇作品或许就是失败的。说明这个作者在他的作品中"说谎"或"造假"，缺乏真诚之心。作家一旦失去真诚，为文必定矫揉造作，作品也必定会失去生命力。因此，真诚是散文的"生命线"，也是"底线"。

三、个性是促进散文生长的养料。人无个性便无趣，文无个性便平质。当下，每年都会诞生数以万计的散文篇章，但能够让人记住，且读后还想读的作品并不多，何故？概在于这些数量庞大的散文，无论题材，还是语感都千篇一律，像是从"模具"中生产出来的，缺乏辨识度。散文要发展，必须要求作家具有"个性意识"。"个性意识"不是标新立异，更不是哗众取宠，而是一种"创新意识"和"审美意识"。但凡在散文创作方面被公认的那些大家，都是"文体家"，他们以自觉的写作实践，开创了散文写作的新路径。不合流俗方能独步致远，推动散文的建设和繁荣。

当然，以上几点并非创作散文的圭臬，谁也没有资格去为散文"立法"。

散文是自由的创造，散文精神即自由精神。我之所以提出来，仅仅是希望引起散文同行们的重视和参考，共同为中国当代散文的发展尽力增光。

我们策划、编选"中国散文60强"（1978—2023）的初衷，旨在对新时期以来的中国散文创作作出梳理、评价和选择，试图精选出风格各异的代表性散文作家，以每位一部单行本的形式，呈现出中国新时期优质散文的大体样貌。此项目的发起人为资深出版人张明先生。多年来，他一直追求做高品位的纯文学书籍，也曾连续多年与中国散文学会、中国小说学会合作，出版年度《中国散文排行榜》和年度《中国小说排行榜》。2023年他策划出版了《中国小说100强》，反响不俗。身处喧嚣、纷杂的环境，能以如此情怀和心力来为文学做如此浩大的工程，不能不令人钦佩！

感谢张明先生邀请我和叶梅、冯秋子、陆春祥、吴佳骏、张英、文欢组成编委会，共同遴选出60位作家。我们在召开筹备会的时候，即将作品的思想性、艺术性、代表性以及影响力作为编选的基本原则。在确定入选作家名单时，我们认真商讨，反复研究，生怕因为各自的眼力、审美和趣味之别，造成遗珠之憾。好在我们的工作得到了作家们的积极回应和鼎力支持，惠风和畅，大地丰饶。

60位入选的作家，既有令人尊敬的文学大家，如孙犁、张中行、汪曾祺、史铁生、邵燕祥、流沙河、刘烨园、宗璞、贾平凹、韩少功、张炜、梁晓声、阿来、冯骥才等。这批散文大家的作品，文风质朴、清朗、刚健，充满了"智性"和"诗性"。无论他们是写怀人之作，还是针砭时弊，歌咏风物，都有着鲜明的文化立场和审美取向。他们或出入历史，借古观今；或提炼人生，洞明世事，输送给读者的都是难能可贵的"精神营养"。

也有被散文界公认的名家，如李敬泽、王充闾、马丽华、周涛、冯秋子、叶梅、筱敏、张锐锋、周晓枫、于坚、鲍尔吉·原野等。这些作家的散文作品，特色鲜明，风格独特，诚挚内敛，从内容到形式，都作出了各自的探索和尝试，为当代散文注入了活力。从他们的作品中，我们不但能够领略汉语之美，更可以借此反观生活与存在，寻找人之为人的价值和尊严。

还有散文界的中坚力量和青年才俊，如彭程、谢宗玉、江子、雷平阳、任林举、塞壬、沈念、傅菲、吴佳骏、周华诚等。从他们的作品中，我们见到的，不只是中国散文的文脉传承，更是自由精神的张扬。他们文心雅正，笔力锋锐，不跟风，不盲从，始终保持着独立的思索和判断，在各自所开辟的散文园地中精耕细作，以崭新的姿态参与和推动当代散文的变革。

其实，细心的读者不难发现，入选本丛书的老、中、青三代作家都有个共性，即他们均在以自己的作品审视心灵，心系苍生，弘扬真善美，鞭挞假恶丑，充满了正义感和人道主义精神。这自然与时下众多书写风花雪月，一己悲欢，充塞小情趣、小可爱的散文区别开来。正是因为有他们的存在，中国当代散文才呈现出一幅绚丽多姿的长卷。

需要说明的是，有些重要的散文家，如张承志、余秋雨、王小波、苇岸、刘亮程、李娟等人，由于版权或其他不可抗原因，未能将他们的作品收录进来，我们深以为憾。

我们还要感谢北京立丰天文化传播有限公司的资金支持，感谢北京联合出版公司的精心编校，他们慷慨和无私的义举，对于繁荣中国当代散文创作、对于赓续中华优秀散文文脉、对于中国新时期的文化积累，均具重大价值和意义，可谓善莫大焉。这套丛书的出版意义将同《中国小说100强》一样，旨在给读者以经典的指引，这既是一项重要的原创文学工程，同时也是助力推动全民阅读和研究传播文化的公益工程。

郁郁乎文哉，中国散文有幸！

是为序。

2024 年 5 月 12 日星期日

（作者为全国政协常委，中国作协副主席、书记处书记）

目 录
Contents

第一辑：雨中村庄

002 | 西　墙

005 | 沿山雨

008 | 来雨时走出家门

011 | 在春天，每颗雨都是种子

014 | 雨中，两个依稀的背影

016 | 男孩，别哭

018 | 夜雨孤灯

第二辑：丽日下的村庄

022 | 尘埃飘浮

025 | 阳光暴

028 | 废窑里的阳光

031 | 窗台上有一只猫

033 | 岩窝一撮土

036 | 风来银光动

038 | 正午忧伤的阳光

第三辑：故乡雪飘

042 | 失落的那片雪花

045 | 阳光下的冰

048 | 母亲不在家的雪夜

051 | 什物滑过冰面

053 | 莲花之死

056 | 一件小事有什么意义

058 | 什么是家

第四辑：在往事中成长

064 | 伤疤情结

068 | 耻辱之心

071 | 那时的爱

074 | 钓鱼时光

077 | 老洞踏春

080 | 英语老师

084 | 表哥湘元

第五辑：死亡追问

092 | 一个夏天的死亡

100 | 活多久才能接受死

104 | 谁是最后记得我的那个人

109 | 剩下的日子我还能做些啥

113 | 麦田中央的坟

116 | 该轮谁离去了

第六辑：村庄生灵

122 | 豆　娘

125 | 蜻　蜓

127 | 狐　狸

131 | 水　牛

134 | 鹧　鸪

136 | 秧　雀

第七辑：遍地药香

140 | 臭牡丹

143 | 七叶樟

147 | 牛王刺（云实）

149 | 栀子花（栀子）

153 | 荷（莲）

156 | 山枣子（山楂）

159 | 苍耳子

第八辑：四季农事

164 | 种

167 | 耘

172 | 耕

176 | 割

第九辑：村庄琐忆

182 | 父品·母品

186 | 玩仇时代

189 | 野茄子

192 | 那棵树怎么死了

195 | 拔刺儿

200 | 田垅上的婴儿

204 | 腊月·故乡

第一辑：雨中村庄

西　墙

砌新屋的时候，只记得高兴，没想到日后会有那么猛的雨。墙是土墙，又支棱得特别高，住进后的第一场雨就把一家人吓坏了，来雨时阵风强烈，风夹着雨像个披头散发的泼妇，一头一头往东墙上撞，只一会儿，墙上就有大片大片暗红的稠液顺着墙面流下来，别以为是雨撞破了头，雨才伤不着呢，受伤的是土墙。雨像受了谁的唆使，说土墙的土站得太高太显，就联合风想把墙上的土重新带回地面。可墙上的土才不在乎站高站低呢。真正受损的是我们，一场雨就把墙弄成这样，往后的日子可怎么办？正在我们担心东墙的时候，西墙被另一场雨同样撕得遍体鳞伤。好在人字形的屋顶把南墙北墙压得很低，伸出头的屋檐把它们给护住了。

紧邻东墙的还有一块空地，是二狗家的屋基。为了给东墙找个庇护，父亲就跑去找二狗，要他早点把屋砌起。二狗又不是傻子，当然知道父亲的心思，就老拖着说自家的劳力还没长齐，没有砌屋的实力。父亲一咬牙，就说，只要他尽早砌屋，我们全家都去帮衬。二狗要的就是这话。我们全家在二狗的屋场里整整做了半个月工,二狗的新屋就砌起了。我家东墙的问题总算解决。可二狗家的东墙又有新问题了。二狗被几场雨淋虚了胆,忙在村里寻找新的合作伙伴。

我家砌屋时村里已有二十年没砌屋了,我家砌好屋后,东边就一幢傍着一幢,砌了八九幢。村里没有别的更大的便宜可占,村人就想占这么点便宜。母亲比父亲的胸怀可能要窄些,为这事,母亲几次私下里埋怨父亲心太急。又说地基也没选好。

是的,地基真的没选好。西边是一丘稻田,就算父亲有心帮工,也没有人家来傍着砌屋,西墙的问题就这么一直悬着。风雨一场一场地刮,西墙的泥一层一层剥下,眼看西墙很快就不能承负屋梁的重量了。某个早晨起来,屋盖下一家人竟有好几个夜里做梦,梦见屋子倒下来把一家人压在下面。父亲就再也坐不住了,他赶到山那边买回一车石灰,把土墙粉刷了一番。以为这样就成了。可几场雨过后,石灰就一块一块大面积逃离,没过完那个冬天,墙上就只剩最后几块贴心的石灰了。父亲不得不另想办法,一家人就选了几个放晴的日子,织了很多草帘张挂起来,把西墙遮住。西墙突然像一个披着蓑衣的老农的背影,一下子老了许多。但这样也不管用,风太霸蛮了,还没来得及等到一场雨,风就先个儿把稻草一绺一绺扯下来往空中撒得纷纷扬扬,剩下的就是一些光杆帘篙了。

春天来到南方,整个村子都回潮返湿,什么东西都在发芽,连空气都带着芽绿色,湿润的西墙上居然也生了几根小草。那天早晨小妹把这个发现告诉父亲,父亲忙兴冲冲地跑进屋,告诉正在做饭的母亲,母亲看都没看他一眼,就说,大惊小怪的,你以为你还小哎?父亲说,我找到西墙不受雨劈的办法了。

等一场斜雨过后,父亲在黏糊糊的西墙上大把大把撒上草籽。没几日,草籽发芽了,西墙顿时生机勃勃,焕然一新。过完春天,西墙就出落得像个美少女了,绿意盎然的草叶斜挂西墙,微风过处,就舞出许多美的极致。更重要的是骤然而来的夏雨再也伤害不了西墙,无数草叶就像无数只伸出的手,雨滴打过来就被弹射出去,而草根则牢牢地抱紧土墙,再不让泥土流失。父亲的这个发明激发了母亲的创造力,那年夏天,她在墙根种下一排爬山虎。她想一劳永逸。

秋天气候干燥,一墙草叶转黄,西墙金碧辉煌,让小妹有了许多逃避贫穷的童话般幻想。草死了。草根却牢牢地抓住墙壁,风再也扯不动它。一墙衰草就这样为西墙挡了几年风雨。后来爬山虎长大了,细细腻腻地爬了一墙,西墙就长满了无数的耳朵。我说出这个比喻时,我和小妹越看越觉得形象,就在墙根下笑得像两只滚瓜。有一墙的耳朵守着我们睡觉,从此梦也香多了。有这样的父母真是福气,我心底的诗心应该是在那时就种上了。

覆盖着爬山虎的西墙同大地一齐荣枯,也就同大地一样永恒。春芽夏绿秋黄冬枯了很多年,仍然春芽夏绿秋黄冬枯。西墙像一年换一次血液,永远也不会老去。

村庄里的时间就这么在西墙边凝固了,日子太浓太稠,压得人有点喘不过气来,我和小妹选择了逃离。我们各自隐居城中,日子飙风而过,生命也掂不出个轻重。

若干年后,我们回到村庄,村庄已变得非常陌生,除了西墙依旧,还举着一壁耳朵。

沿山雨

　　有一种雨只沿着山走，所以叫沿山雨。山呈环抱，把村庄拥在怀中。村庄的脊背紧贴山的胸口；山梁的手臂则伸得很长，两手会合的地方远在村前十几里之外。我之所以知道那地方是山臂交会处，是那地方有一条河蜿蜒流向山外，我想一定是山的手指交叉不紧，留了漏缝。

　　雨，多些时候起于十几里外的山口。我们在田间劳作，黑云不知从哪里来，聚集在山口，不多一会儿就朝这边飘过来，很快雨就下了，云像被给谁碾碎了，从一边倾下来，天空中垂挂了几匹宽宽的薄薄的黑纱，当然说是轻瀑就更适合些，因为它比纱更具动感。只不过瀑布没有黑色的，也不会薄得像轻纱般均匀。不知谁一声喊，大家纷纷从青禾间爬上田埂，跑着回家。我家田远，我估计就算跑，也会在半路与雨狭道相逢。我小跑一阵就停下脚，不紧不慢等着雨来。我突然觉得大伙跑得莫名其妙，我们的脚泡在水田里已半天光景了，我们的头肯定要抱怨，它们会觉得泡在水里一定比晒太阳舒服，而我们又不能把头倒过来插在水田里，现在正好有一场雨帮忙，你说多好。跑什么呢?

可世上的事就有这么怪,你想淋一场雨时,雨却与你擦肩而过,它沿着村后的山岭打个转,又返回到开始下雨的那个地方。紧贴后山的村庄竟半滴雨也没得到。我一脸愕诧地仰着头傻看半天。我当然看不懂这鬼天。心事却被它弄得空空落落,只好又返回田间继续劳作。比起已经跑到自家屋檐下等雨的村人,我算是占了点便宜。等到天晚了,我就可以唆使父亲比别人早那么一点散工。每天早晨,父亲总说我家田远路长,就该比别人早点出工。

母亲把天上落下来的雨称为生雨,说是淋了生雨容易感冒。所以每每见到要下雨了,母亲就急忙忙拿了一些蓑衣斗笠奔出家门,有时她能在雨到来之前将斗笠罩到我们头上,有时她就走在雨的后头了。不过就算我们已经淋透,只要母亲的雨具送来,我们都会好好地戴上。让人好气又好笑的就是这种沿山雨,有时母亲刚把雨具送到田头,雨却拐过我们跑远了。母亲拿着未湿一丝的雨具往回走,田间就有很多人笑她。我现在在想,生雨这个"生"字应该是相对"熟"字而言的。就像吃生东西会拉肚子,淋生雨就会感冒。生雨从天上一摔下来就摔熟成水,所以在河里溪里洗澡就不怎么会感冒。

沿山雨一直是个谜。小时候我以为山里有精灵野怪,它们会呼风唤雨。后来看了金庸的小说,又怀疑山本身就是个武林高手,它双手合十,运气发功,将河水蒸发成云,然后散云为雨,沿着自己的左手臂周转上来,穿过胸腔,再运到右手臂上,最后回到原地。

不过到现在我又有了新的揣拟,也许沿山雨不喜欢人为痕迹过多的地方,所以只在山里走。

我有个感觉,沿山雨带有仙气。有一次下沿山雨的时候,我正在山中,有幸同山中的青木白岩一样被淋着了,后来我就感觉别人看我的眼神跟以前不同了。

究竟有什么不同,我也说不好。只是后来我做的很多事情,别人都冠以一个"傻"字,说同沿山雨一样没有任何意义。好在我自己不这么看。

来雨时走出家门

有一个人总在来雨时走出家门,那是我父亲。

田是梯田,禾苗都是喝水长大的,但天雨常不遂人愿,所以在每一垅梯田的上坳总得有一口山塘。夏天热,禾苗需要同人一样拼命喝水,山塘没多一会儿就被喝得见底,村人就有些慌了。好在天再糊涂,也不会让村人处在恐慌中太久。恐慌太久,村人就不会老在一个地方待了。雨说来就来,一堆乱云一聚,几声炸雷一响,还不等村人都从田里地里跑回家,雨就下了。站在屋檐下,看雨中的庄稼欣欣向荣的样子,村人都一脸傻乐,乐得什么都忘记了。只有父亲还记得要往山塘补水,父亲是一个小小的村民组长,大伙都觉得就该他记得这事。

父亲先也是站在屋檐下,傻头傻脑地看雨,突然就记起了什么的样子叫一声,哦,要去拦水。说罢提把锄头就冲进雨幕。等母亲转身从灶背屋寻来蓑衣斗笠时,他已经不见人影了。为这,父亲回来没少挨骂。父亲并不在意,他湿淋淋地站在屋中央,垂着衣袖,笑着听母亲叨唠,仿佛挨骂是一件很快乐的事。母亲一边念叨一边把准备好的热水提到灶背屋。父亲洗澡时，母亲又从衣柜里把干净的衣服找出来。

父亲年轻时很结实的，他什么也不怕，再大的风雨他也敢往里钻。风雨越大，父亲就一副越快乐的样子。有时，父亲叫一声要去拦水，就被母亲眼明手快拉住了。但戴上母亲寻来的斗笠，一出门，风就将它刮跑了。父亲跟着风跑，终于跑在风前将斗笠拾起来，然后一甩手，斗笠旋转着从大门口飘进来，雨水像珠子一样从笠沿四射开来，溅了我们一身。待我们弹落身上的水珠，再看父亲时，父亲又消失在雨中不见了。父亲的身影在雨中像个谜，一闪一闪的。

在瓢泼一样的雨中，道道水流从山上下来，父亲全把它们往山塘里赶。山塘像个气球，一下子就给吹胀了。我小，我只能这么形容。我想一下子就水灵丰活的山塘，在父亲的眼里，肯定像一个个一夜逢春的妇人，而父亲就是她们的施惠者。父亲内心应该有一种满足。

当然那时我怀疑父亲主要是为了好玩，他在雨中那副兴奋得不得了的样子同小孩没什么区别。但小孩不能玩雨，小孩只能在大雨初来时，在稀稀朗朗的雨颗中，号着叫着钻来钻去，等雨大了，就得返回屋檐下。小孩玩雨得以不弄湿衣服为前提，要不然就会挨大人的巴掌。所以那时我特别羡慕父亲，他一个村民小组长卵大的官，却可以利用它在来雨时出门。

有一年夏天，天旱了很久，大伙以为这个夏季再没雨下了，就挖开山塘拼命往自己田里放水，父亲左劝右劝要节约，但没有人听他的。后来再下雨时，父亲硬撑了两个小时没出门，母亲就表扬了他一句。但母亲的话才落音，父亲终于没忍住又冲了出去。这使得我更加怀疑父亲是想淋雨玩。别人也说他是淋雨成瘾。只有母亲看着心疼，念叨就更勤了。现在我想，其实父亲可以在雨来之前将所有通向山塘的渠道挖通；就算一定要在雨中出去，他也应该把自己包裹严实。

母亲的念叨小时候以为纯属多余，现在才发现她是对的。年轻时父亲没把身体当回事，年老时身体也就没把他当回事，该怎么病就怎么病，该怎么痛就怎么痛，不打半点折扣。母亲给父亲煎药时，还在不停地念叨，现在的父亲再不能笑吟吟听她念叨了。他躺在床上，配合母亲的念叨，咝咝咝地从牙缝里抽着凉气，他疼呢。父亲正在为他年轻时候的轻狂支付代价。

在春天，每颗雨都是种子

我在西墙旁圈定一个地方，整个冬季我都锲而不舍地对着这个地方撒尿，我以为肯定会长出点什么来，但是没有。

可一到春天，就凭几场雨，漫山遍野就被浇绿了。某个早晨起床，我站在屋檐下刷牙，突然发现檐滴沟长出一棵嫩芽，我把这个信息告诉小妹，小妹一撇嘴，说，昨天它就长出来了呢，到处都是，有什么稀奇？我抬头去看，附近的枯草丛里果然就这这那那有芽儿探出头来，而且为数还不少。我再看远方，灰黄的枯草丛上已抹了一层如烟般薄的绿，那些曾经遭过野烧的地方，这绿就更为明显了。春天来得总这么始料未及，没有人知道第一棵芽儿生长的秘密。

小时候我总怀疑，春天的每一颗雨滴都是一粒种子。要不然我的尿怎么就不灵验呢。我伸手去接檐雨，一捧雨亮晶晶的从我的指缝里渗下去，什么也没有。我又怀疑每一颗雨都是一颗种子的爱人，就像父亲与母亲做爱有了我，雨颗与种子做爱就生出芽儿。每一颗种子大概都差不多，而每颗雨却包含不同的生命基因，所以满地子孙没有一个相同。雨是天神娘娘撒的尿,万物偏爱。我的尿太臭,没有种子爱它。

但我总可以在每年的春天发现自己一些成就:春生家的草垛旁长出的那棵桃苗,就是我去年随手抛掷在那儿的一颗桃核生的。开始我已忘了这事,但春天的事物总能唤回你很多记忆。

确认桃苗的归属后,我欣欣然想把它迁到自家的菜园里。四猛却突然跳出来不让,四猛信誓旦旦说,这桃苗是他前年丢下的桃核生的,那颗桃还是他从春生家的果园偷来的,他吃得还剩一口,见自己父母朝他走来,就慌忙把桃核朝这边一扔。四猛还说,桃子这么厚的核,哪会在第二年就发芽?他这么说,我就知道他是对的。在春天,总有一些种子,拒绝雨水的爱。譬如桃树,总给自己的孩子披上一层拒绝外界诱惑的铠甲,而自己不管多老,都要在春天开出很多搔首弄姿的花来,那副轻狂的样子就像艳凤她娘。

我说不过四猛,打也打不过他。我就把桃苗让给了他。但我家西园墙边的荆棘下那一窝子甜瓜秧苗,打死我也得归我。去年我从山上砍柴回来,顺路就在西园摘了一只甜瓜吃了,我把瓜籽全埋在园墙旁边的荆棘下,我以为过不了多久,就会长出一丛瓜苗,但是没有。我去看了几次,怀疑瓜籽被老鼠寻着吃了,就再不去了。没想到现在都长出来了。有一天母亲拿出她去年晒干的甜瓜籽要去播种,我骄傲地告诉她,我种的瓜籽已有几寸长的苗了。母亲惊讶地看着我,然后让我带着她把瓜苗全部迁进菜园。那年我吃瓜的时候,别人家的孩子还只能望着自家园里的瓜花发呆,谁叫他们不隔年下种呢。

雨水中的春天,村前村后还有很多鲜为人知的秘密,譬如荷叶塘旁边的那棵大松树下,每个春早总要长那么几朵甘甜鲜美的松菌,每天早晨我都会甩开村子的目光,悄悄地把它们摘回来给自家下汤。还有春妮家菜园墙上的一棵白杨树蔸,一到春天就会长出些木耳来,可一周一摘。只有我知道这个秘密。那次我看到一只青蛙跳上园墙就呱呱呱地凄叫，我用竹竿拨开园墙深深的艾叶，猛发现一条乌蛇正含着那只青蛙往肚里吞。我顺手一竹竿打下，乌蛇急窜而去，我不知是否救下了那只青蛙，但就这样我发现隐藏在艾叶丛中白杨树苑的秘密。我再去看相邻的白杨树，它们的树苑灰灰的什么也没有。春天山前屋后各种可食的菌类还有很多，我知道每个小孩手里都攥着几个秘密，要不然家家的汤锅里不会都飘着菌香。唯一不需保守的秘密是"雷公屎"。"雷公屎"也许也是菌类的一种，只要下几场春雨，就满地都是。青蓝蓝的像地衣，软软地铺在那些花呀草呀的脚下。我们提个竹篓去捡，捡回来洗净，拌着野葱胡姜炒起来特别香。那时是因为穷才吃，我想现在肯定没人吃了，想想要多脏就多脏。

与吃"雷公屎"相同，肯定还有很多事物，因为境遇的改变，我们再也无法去体验了。就像那些春天，和春天里所能回忆的事物，都业已在我眼前消失，并且再也不会重现。

雨中，两个依稀的背影

  少年时我不太会读书，大概与恋家有点关系。我读初中，星期六回到家中，星期天就再不想回校了，特别是在雨天。
  那些个雨天离家的情景，我会记一辈子的。到临行时，我还坐在西房发愣，风弄得窗棂吱嘎吱嘎地响，雨打在西墙的爬山虎叶上声声断断，心就被这些声音搅碎了，泪花汪汪的不自觉储满一眼眶。抓起书包站起来，在屋内转了转，复坐下来想再停一停。母亲走进来，看着我，半天不吭声，她手里拿着两把伞。后来她说，你再不走，天黑前到不了学校。要不，就明早去？明早我煮早饭……我不等母亲说完，就站起来说，我就走。语气中莫名其妙竟像生气了。我夺过母亲的雨伞，撑开，走进茫茫雨幕。母亲撑开另一把伞，走在我身旁。
  冷冷雨声充塞着整个天地，冥冥暮色似乎也从雨外青山合围上来，只有母亲温暖的呼吸声如此近地贴在耳畔，我不争气的眼泪，终于一窝子滚落下来。但我不能让母亲看见，我扭头望着青山之外，抬手飞快擦掉脸颊上泪水。母亲想必知道，但她不能点破，她一点破，这个黄昏我就再不会去学校了。母亲心中凄苦,我从她有点发涩的呼吸声中就能判断。这时的母亲就像一个小女孩目送她在激流中远去的纸帆,心里实在舍不了,可她又想依靠这只纸帆寄托她遥远的梦想。

母亲总在那条溪边不声不响地停下脚,站在桥头目送我过桥,目送我渐渐远去。母亲什么时候止步,我当然知道,但我不敢回头,我一回头,就无法控制本来就有点失控的意志。只有等走了一段路,等雨幕迷离了我们的面部表情,我才敢回头。母亲依然站在桥头,她举着伞,挺拔的身子被倾斜的风雨勾勒出无尽美感。母亲十九岁生我,我十二三岁的时候母亲依然年轻,依然很美……

母亲剪影的后面是依稀的村庄,村庄在雨中也像镀了一层伤别离的情绪。一时间,我的眼泪又汹涌而出。我掉头拔腿跑起来,在转过山坳的时候,我似乎听见母亲长长的一声叹息,从我身后雨中传来。

我到现在还不知为什么,年少时每次雨中分别都会弄得像生离死别?现在我和母亲都老了,有一次,母亲看着我爱妻疼儿的样子,就落寞地说,每一个人年少时都喜欢母亲,长大了就都不喜欢。我听了心里一酸,我知道母亲想起以前的事了。可是母亲你知道吗?我怎么会不喜欢你?我只是换了一种表达形式而已。如果我再像以前那个脆弱的男孩,那我怎能经受得了这尘世纷攘的俗事呢?

男孩，别哭

门前有溪，稍远有河，但被山岭围着，村只得算山村。山村的孩子一天的时间多是在山里度过，而雨，说下就下，它才不管你回没回家。这样，很多时候我们必须遭遇晴出雨归的劫数。灿烂出门，颓丧回家，这是谁也不愿经历的。但很多事情，甚至包括人一生的命运，都得是这种结局。有什么办法呢？

雨总是起于黄昏，当我们担着柴火走在蜿蜒山道上的时候，潇潇暮雨要么从后面赶上来，要么在前面截住你，想避都避不开。这时，心情就会像四合的暮色，突然黯淡下来。怎么不黯淡呢？肩上的担子这么重，家还这么远，路又这么崎岖。雨加重了肩上的担子，又阻碍了归路的脚步，透过雨幕，家就显得更加遥远难及。而雨，又不是平时活泼妙巧的那种，而是阴阴的，凄凄的，带点巫性，又带点魅气。

印象最深的是十岁那年秋天，独自一人担着柴火走在黄昏的山路上，山雨沙沙从身后而来，像一张阴暗之网，一下子就将我罩进去了，那颗本来就因孤寂而伤感的心，便进而变得绝望。仿佛淹过我的不是山雨，而是令人窒息的黑水。

山雨打湿我的头发，山雨浸透我的衣服，山雨像黑寡妇赖在我的柴火里，要享受坐滑竿的感觉。柴火在肩上重若千钧，我把担子从左肩换到右肩，又从右肩换到左肩，稚肩在与柴枪热烈切磋的过程中慢慢火辣，慢慢红肿。脚在山路上不敢停下来，一停就颤得厉害。终于一个趔趄，柴火从柴枪两头滑落下来，柴枪弹得老远。我一屁股坐在青石板上放声大哭。山雨沙沙无边，冷漠地下着，没半点怜惜之情，我哭得更伤心了。雨浇灭了我的哭声，在山中没有半点回音。群峰座座在雨中都一副事不关己的样子，我感到小小小的自己被大大大的世界完全给遗弃了。也就是从那一回起，我开始味喜茶苦，性倾情伤。

我坐在青石板上，根本找不到解决的办法，只能把剩下的那一点气力也哭尽。父亲，我的亲亲父亲，就在这时从山坳的拐角处出现了，他一下子把我从恐惧和绝望的深水区捞救上来。我无法说出那一刻心中的感受。我只知道，那一刻他温暖的笑容会让我珍藏一辈子，感激一辈子。是父亲温暖的笑容给了我在这个世上继续前行的勇气，要不然我真会沿原路退离这个陌生的世界。

嗨，男孩别哭，我们回家。父亲对我吆喝道。然后像扶起一棵被雨淋趴的庄稼那样将我扶起。

男孩，别哭。二十多年后，当我脱口对自己儿子也说这话时，我才发现这简简单单的四个字，竟是一种成长的标识。只是我儿子面对的不再是山雨带来的困扰。我怀疑父亲的父亲肯定也对父亲说了这四个字，而我儿子的儿子也将会在某个未知的时刻对他的儿子说出这四个字。后来我看美国著名的成长伤感片，题目竟就用了这四个字：男孩，别哭。只是里面的主人公没能跨越这道标识，死了。

夜雨孤灯

父亲看着母亲将家中那盏油灯点亮，才转身走进那个雨夜。母亲一手牵着我一手牵着小妹送出来，直到父亲腰背上熠熠闪亮的柴刀消失在冥冥暮色中，我们还在滴水的屋檐下站了好久。

我们原本靠山吃山，但那时禁止私人贸易，山全封了。父亲雨夜进山是去做一件极不光彩的事——偷竹。贫穷泯灭了人的羞耻，父亲及村人把偷字挂在嘴边一点都不脸红。他们偷竹的理由很单纯，只想把竹背到集市偷偷卖掉，换点盐巴和一些生活必需品。人既然来到这个世上，总得有一条活路，他们倒显得理直气壮。

只是他们为这个偷字常常要付出很大的代价，他们必须在伸手不见五指的夜里出发，蹲在阴冷潮湿的岩下熬到半夜，等护林队的人都睡熟了，才敢下刀。雨声哗哗，刀声笃笃，他们惊恐的心一直攥在自己手里提着。空脆的刀声实在响得吓人，护林人随时都会朝着声音抄包过来，突然现身，乱棍将人往死里打。那些年村里好些人的父亲就是为这事死的。有抓起来打死的，有逃跑时慌不择路坠崖死的，有摸黑归来时不慎滚落山沟死的，也有被猛兽长蛇咬死的。

我不要父亲死，父亲死了这个家庭就再没半点活路了。村里很多死了父亲的孩子，母亲往往熬不住，就抛下他们跑了。所以那些等待的孤灯雨夜，可真正称得上是漫漫长夜。无形而又巨大的恐惧感重重压迫我幼小的心灵，那种无穷无尽的担忧也窒息着我连大气都不敢喘一口，仿佛我喘一口大气，就会让遥远的护林人惊觉，从而把父亲他们推上困境。我也不敢随便讲半句话，生怕一不小心犯了某种忌讳，让一家人在无边的担忧中陷得更深。除了恐惧和担忧，还有无以言耻的猥琐，在晦暗的心灵深处像孢子植物一样大片大片地滋蔓。慈爱的母亲在这样的夜晚也变得暴躁异常，平日熟稔的针线这时一错再错，隔不了多久，就会全身颤一下，然后放下针线，捧着被针扎着的手指吮。小妹讲了一句很平常的话，她却大发脾气，哐哐哐地骂小妹尽放屁！然后跑到神龛边，上了三炷香，嘴里念念有词地不知说个啥，像个女巫。我和小妹面面相觑。

父亲在那些雨夜，当然每次都平安回来了，要不现在经常从乡下来我家走动的那个老头会是谁呢？父亲不但回来了，而且走过那些雨夜一直来到现在。而他儿子，却依然待在那些雨夜孤灭的情绪中出不来。原罪一词源于西方，我不相信有前世之罪。而真正给我原罪意识的，应该是那些雨夜，那些事。后来我无论走到哪里，做什么，都一副贼头贼脑的鼠样。哪怕是我用艰辛劳动换来的钱财，我都抱一种凭空受惠的谦卑心情领受。想想也是，人赤条条来到世上，哪一样东西不是这个世上本来就有的呢，我们所有的劳动都是无用功，只不过把一种事物与另几种事物混合，或者把一种事物换成另一种形式而已。可世上为什么竟还有那么多施惠者的嘴脸？他们凭什么？！

第二辑：丽日下的村庄

尘埃飘浮

有一日,我看《摄影世界》,有一幅关于老人与老屋的摄影作品让我想起了故乡的厅屋婆婆。厅屋婆婆我不知道她的名字,也不知道她是否有名字。我记得我曾提过这事:一个村庄的人开始都住在一个大厅屋里,大厅屋每一扇门里就是一个家。后来大家都另建新屋就一个个搬出来了,厅屋只剩这个婆婆,一村人就都叫她厅屋婆婆。厅屋婆婆的房子在别人房子的包围之中,没法开窗采光,只能在屋顶上装透明瓦。天晴的时候,阳光就像是仙人的天目,好奇探视下来,从西墙滑下去,移过地面,又到东墙,然后到了墙梁某个界线再逐渐消失。就是一天。

自家婆婆死得早,父母每天又田里地里非常辛劳,小时候父母常把我塞给厅屋婆婆照看。厅屋婆婆是小脚,加上老了,不爱出门,常常用脚拢着我,在屋角一坐就是一整天。阳光的眼睛就这么从西墙一点点移到东墙,日子凝滞而漫长,让懵懂无知的我都有些喘不过气来。但终是一天天过来了。然后我能走能跑了,就再不受厅屋婆婆双腿的钳制了。在满山满野的疯玩中，我渐渐忘了不太出门的厅屋婆婆。

是十岁那年，我闯了祸，为了逃避父亲的打骂，我闪进了厅屋婆婆房里。我在厅屋婆婆房里整整待了一天。我与厅屋婆婆面对面坐着，看着阳光从西墙一寸一寸移下来，然后正好隔在我们中间，厅屋婆婆那张老脸就在我面前异常清晰起来，我身子微微一颤，我从没想到一个人老了会成这副样子，我感到莫名其妙的害怕。父亲在外面咒我的声音停了后，村庄坠入了从未有过的宁静中，没有人声，只有偶尔的禽兽声在大厅重重空房的隔离外，也远远的若有若无，像是遥不可及。静的意绪就更加浓了。我不知厅屋婆婆为什么能够如此安详地坚守着这份熬人的静？

我把目光从厅屋婆婆的皱脸上移开，专注地望着那束阳光，这时我就发现阳光中的浮尘了。我从不知道阳光中竟有那么多浮尘。它们安静地游离着，从光圈的这一头出现，游过窄窄的光圈，在另一头消失。有些尘埃大概是留恋光罩下的时光，就在光柱里上下浮游，不过稍不小心，也会消失在光柱之外。我轻轻吹口气，光柱里的尘埃就像受了惊吓，四处奔散。

这时厅屋婆婆突然豁牙笑了。我侧过头来，看见厅屋婆婆混浊的眼睛也迷离地望着这束阳光。厅屋婆婆问我：小鬼崽子，你在干什么呢？

我说：厅屋婆婆，你看你看，多怪的东西呀！

厅屋婆婆摇摇头说：婆婆的眼睛已经不顶用了，看不见了……

你看不见那你笑什么呀？

我以前看得见，……以前我也冲着它们吹气。

……你想起以前了？

厅屋婆婆没有回答我，一脸虚幻的笑。她脸上褶皱太多，看着有些怪诞，我心里就又莫名其妙地紧张起来。

光柱投在地面时只有一个小小的圆，但移上墙后，就把光影拉得老长。我以为拉这么长，何时才是个尽头呀？但光柱上了墙梁后就移动得特快，说消失就消失了。

　　母亲终于从外面回来了，我听了母亲在村头喊我的名字，就站起来朝外面走。我可以庇护在母亲身边了，父亲要骂就由他骂去，反正打是打不着了。我拉开厅屋婆婆的门闩时，门轴吱嘎嘎响起来，声音又亮又纯粹，我一愣神，回过头，看着屋角里的婆婆只剩一尊依稀的影子了，她刚才还刀刻般清晰的脸容，这时已模糊在重重暗影之中。我窝心一颤，飞腿奔了出去……

　　厅屋婆婆死后，我才听母亲说起，她在嫁进这个村后的第三天，丈夫就被抓壮丁走了。小脚的厅屋婆婆就这样在那间需要开天窗的屋子里，度过了她纯粹的一生。

　　……后来，浮尘穿过光柱的样子就常在我梦中出现：小小尘埃从光圈这边出现了，静静地渡过去，没几秒钟就消失在光圈的另一边。

阳光暴

北方有沙尘暴,南方有阳光暴。每年瑶村的春天都来得怪,天,先是一直这么阴着,这么冷着,偶尔轻纱似的雨,偶尔花霰似的晴,都当不得真,小孩子过家家一样。然后突然有雷,在天空炸来炸去,仿佛要叫醒天上和地下一些什么东西。可能真的叫醒了,天开始发情,雨来也急,阳来也烈。地开始发骚,花红柳绿,插满一身。

四月的一个晴日,小妹妹兰花随着她的大姐来到我们村庄,她大姐是村里三青的嫂子,也就是三青大哥的婆娘。小妹妹兰花是来帮三青家春插的。

小妹妹兰花长得有模有样,俏脸削身。小妹妹兰花一笑,那一垅半大不大的伢子浑身就燥热燥热。

田是梯田,瑶村的秧田都在那个垅里。春插的时候,瑶村半大不大的伢子一般负责扯秧,小妹妹兰花往三青家的秧田里一站,就站成了那天阳光中最灿烂的一束。

怎么来形容那天的阳光呢?用"暴"比较好,阳光的粒子就像沙尘一样，肆无顾忌地击打在我们身上，打得我们的皮肤微微地、轻轻地疼。阳光的粒子还像爆米花似的接连不断地在我们头皮里微微地炸，炸得汗珠子都要溅出来，炸得浑身像开满了细碎幽蓝的花，看是看不见的，那种感觉却非常真切。

裹着还不曾脱下的冬装，身子骨像揣在发酵的基肥里，突然又热又憋。脱，脱，再脱。脱得只剩贴身小褂了，还热。

兰花同我们一样热，也就一样脱。兰花的内衣比外衣更鲜艳，更美丽。兰花一件件脱衣，就是枝头一番番的花开。看得一垅子半大不大的少年噪眼眼直痒痒。

三青离兰花最近，三青在那天可能感觉最热。三青后来喊一声，好热呀！我们洗澡去吧！千不该万不该的兰花这时不该搭一句：别呀，现在的水还凉得很呢。

三青对一垅子伢子说：不要紧，我们不怕，是不是？而在当时，哪个少年会承认自己怕呢？三青成了那天一班少年的头领。大家一呼而应，跑到垅坳的池塘边，要兰花转过身去，然后齐齐地剥得精光，扑通扑通跳下去，水在春天也就开了花。

兰花是对的，那水真是沁骨的凉呀！不凉才怪呢，满满一池水，寒了一冬的心，凭一时半会儿的暴阳怎么暖得热呢？水不像我们，兰花一个笑容就让我们燥热难耐。水是春天最后一个对太阳有反应的。那天我一跳下去，就觉得周围的寒冷薄刀似的拥过来，将我全身的热量千刀万刀地瓜分了。一会儿，全身的皮肤就只剩刀割后的麻木。寒了心的水像个心理阴暗的寡妇，恨不得每个人都寒心呢。

一池子大呼小叫，鬼哭狼嚎。兰花还以为我们是兴奋着呢，她看着我们笑吟吟地问：冷不冷呀？大家都说不冷不冷。但在那天夜里，嚷着不冷的那群伢子全感冒发烧了，有一个差点没烧死。

病好后，一村子伢子就全跟兰花熟了。兰花后来常到我们村子走动,甜脸甜笑,对我们都好。大人们一会儿拿这个伢子跟兰花打趣,一会儿又拿那个伢子跟兰花打趣,兰花不恼,我们也不恼,心里头都甜蜜蜜的。

八年后,二十岁的兰花真的嫁进了我们村子,却不是那一群洗澡少年中的任何一个,而是三青的大哥。三青的嫂子死了后,兰花可怜她一个五岁、一个六岁的孩子没人照顾,就嫁给了姐夫。

兰花嫁进村的那天,也是在春末,也是个"阳光暴"天。阳光的粒子射进当年那群少年的眼里,涩涩的有种想流泪的感觉。大家聚在一起喝醉了酒,去找三青麻烦:你大哥可是比兰花大十岁啊?!

酒醒后,大伙儿恢复平常的样子,该干什么还干什么。多少年后,那班少年已趋向老的样子了,回头想想,才发现每个人都过得甜美而充实。其实,只要兰花在我们身边,她嫁给谁不都是一样呢?

可惜三青不懂。三青至今流浪他乡,不肯回家看一眼……

废窑里的阳光

红砖是用煤烧成的,青砖是用柴烧成的。红砖还不流行的时候,大户人家砌屋都是用青砖。瑶村就有一个专门用来烧青砖的窑。窑也是用青砖砌的,比一间房子还大还高,窑门也比家门还大还高。窑顶端开一个大大的天窗。

小时候,我见过一次烧青砖。后来再不烧了,窑就废弃了。废弃的窑里,头一年什么也不长,只长声音。你站在里面喊一句,窑就给你生出好几句。什么也不来,只来阳光。每天阳光都要从天窗探下身子,绕着窑洞好奇地转一圈,到黄昏又走了。

阳光的行为引起了众多的好奇,然后是雨水也往里面跳,鸟雀也往里面飞,虫鼠也往里面爬。一个清寂的窑洞就热闹了。隔几年,居然有植物长出来,从窑底或窑壁隙缝里冒出几片绿叶。我想,那一定是土地里的树根,听到这边热闹了,就循声而来。但它们没想到土里会藏这么一个大的空,一脚踏出来,就被好客的阳光留住了,再不放回去,然后根就只能以枝的模样出现。

大概是从没见过地面上的东西吧，所以叶也绿得怯怯的，枝也长得怯怯的，一副斯斯文文的样子。有些还不知该往哪儿舒展它们稚嫩的头颅，往往才上长几寸，又犹豫着低下头了。这时阳光就成指挥家了，阳光每天从天窗下来，不是固定在某一地方，而是螺旋般旋转而上，那些枝儿呢，也就跟着它扭麻花似的往上长。这样一窑子植物就一个个扭着小蛮腰，像在跳舞。偶尔阳光十天半月都不光临，那些枝儿突然没了指挥，就横斜竖弯地你看我，我看你，不知所措。等阳光一来，才能纠正自己的姿势。

阳光乐了，不知一窑子植物竟这么听话，像小学生似的，比窑外的植物可好玩多了，就天天来伴它们玩。不觉间，长得快的枝儿就伸出了天窗。

……嗬嗬嗬，外面那个大呀！阳光那个多呀！蓝天那个阔呀！先探出头的枝儿一下子成熟了许多，没几天就把那身怯怯嫩嫩的绿换成了深色，然后再不听阳光的话了，要怎么生就怎么生，要如何长就如何长。大概是看着天窗实在比较窄，就想一个人霸占它，于是拼着命地横生柯枝，没多久工夫就把天窗给严严地罩住了。

这就让我想起了望青的父母，为了在瑶村取得绝对的霸权，望青父母一共生了九个儿子，现在瑶村就成他们家的天下了。他们家想欺负谁就欺负谁。

原来所有生命都有称霸的欲望。阳光没想到会是这样，就再没兴趣管它们了，也无能为力去管它们。很多事情都是这样，起先是以喜剧开始，最后则以悲剧结束。万能的阳光也改变不了。

一窑子植物被首先冒出头的植物暗无天日地关在里面，一个个病恹恹的，然后连绿都不会绿了。再然后，觉得空间的世界热闹是热闹，美丽是美丽，但有太多龌龊的倾轧，就一个个退回去，继续做根去了。

……可惜人不能这样。人分为两截，活着的时候，只能做枝。不管你愿不愿意竞争，你都非得要跟别人争个高低输赢不可。只有等到死了，你才能躺在黑暗而幽静的泥土里，舒舒服服过根的日子。

我羡慕有些人的勇气，在上面的世界斗败了，就毅然决然地去了下面的世界。我太软弱了，做不来，只能这么卑微地活着……

好在终有一天我也有做根的机会。

窗台上有一只猫

我最初恐怖的记忆不是其他什么,而是窗台上的一只猫。

大概是我三岁的时候,一个阳光灿烂的春日,父母醒时我还没醒。他们就把我一个人留在床上,锁门出去干活了。

猫纵身跃进我的梦中,它一声嘶叫,就把我从梦中拽回那个有阳光的早晨。有阳光的早晨我醒来一般不会哭闹,我会静静地望着被窗棂隔成的一束束阳光发呆,等待父母回来。

但这个早晨不同,这个早晨窗棂上除了阳光,还有一只猫。猫在我逆光的地方蹲着,猫就不再是猫了。阳光将猫的轮廓勾勒出来,猫成了一团灰影,一个幻觉。而那被阳光勾勒的外廓,却放射出清晰而怪异的光。披浸阳光的猫毛这时也不再是猫毛了,而是光的针芒,色的辨识器,因为透过猫毛后的阳光也不再是阳光了,而是斑斓荒诞的七彩。

猫身稍稍移动,七色的外廓毫无规则地变换着形状,猫就更不像猫了。

猫是一只老猫。猫是一只春猫。老猫叫春的声音同小猫的喵咪声不同。老猫叫春的声音凄厉得很，孤绝得很。老猫在早晨平和的阳光中叫一声，阳光也就沾染上了惊悚的神秘。

老猫模糊的身影中心，有两束清晰的绿光，那是老猫的眼神。老猫的眼神连同它的叫声都还不曾在我幼稚的头脑中留有存码。因此我茫然无措。

老猫叫一声，又叫一声。把房里觅食的鸡惊得咯咯冷叫。我终于受不了老猫那凄绝的叫声，惶恐的浪潮击溃了茫然的堤坝，怕的感觉就这样弥漫了我的全身。我哆嗦着身子，憋红着脸，哇的一声哭开了。

我的哭声同平时嫩嫩的哭声不同，我把全部气力都用来哭了，哭声就迅速长老。我哭得像老猫叫春那般凄烈。老猫凄凉地应一声，仓皇跳下窗台，然后那团光影就消失在外面千万重阳光之中。

老猫消失在窗台已经好久了，但老猫阳光下怪诞的轮廓却似乎依然还在原来的地方变换着。我的哭一直没有停止……

后来我止了哭，但那只经阳光幻化的老猫却一直占驻在我某些梦境的窗棂上。

我不知那个早晨之后，顺光看我的老猫会有些什么变化？

岩窝一撮土

外婆惜土如金。这话可能夸张了。生产队的时候她可没这么恋土。别人也不恋。每天出工,一村子人站在田里地里,都一副恹恹的提不起精神的模样。后来田地承包到户,一下子就像换了一群人,都一个个贼眼乌溜地满山满野去找土地。有点像圈地运动,只一天工夫,村前村后稍能开发的荒地乱野就被人用锄头标了记号。外婆家的孩子多,我妈生我的时候,外婆还在生孩子。孩子太多,有时外婆一天也不能走出家门。

等她第二天走出来,看见满山坡尽是开荒的身影,就知道自己失去了很多对土地拥有的机会。外婆提着锄头疯了般满山满野乱转,但附近已没有她下锄的地方了。

后来外婆就相中了那个岩窝的那一撮撮泥土。岩是红砂岩,红砂岩跟花岗岩不同,红砂岩风也可以腐蚀,雨也可以腐蚀;日也可以腐蚀,雪也可以腐蚀。红砂岩风化很快,风化了的红砂岩被雨水洗下来积在岩窝里,春天来了,上面长几株草,就有了泥土的模样。外婆说能长草的地方就能长庄稼,她真把岩窝开发了。看着土太薄,她干脆从外面担了些泥土进来,撒上一些芝麻绿豆种,地就真的成地了。

南方春天雨水多,外婆的芝麻绿豆同别的土地上的庄稼没有区别,芽一样芽,苗一样苗。但一到夏天就不同了。夏天雨水相对少些,阳光却厉害得不得了,岩窝就像铁窝了,而上面那一撮撮沙土,天晓得像什么?总之别人家的庄稼一天到晚都欣欣向荣的样子,而外婆家的庄稼到了中午就要瞌睡了似的,倦叶低头,作绵绵欲晕状。

外婆真怕哪一天她的庄稼就这样一睡不醒,于是动员家里大小劳力去给庄稼浇些醒水。但谁也没去。当初外婆开荒岩窝,一家人就都反对,说她是没事找事,那么贫瘠的地方能长出什么来呢?特别是外公,他捧着个酒瓶,每天乜着眼睛看外婆进进出出。外婆却认定能长草的地方就能长庄稼。何况自己不去开荒,就势必每年比别人要少收三五斗,同样是双手连肩顶着个头颅,凭什么呢?

外婆也许是对的,外婆瘦皮精骨,在她这么薄的地上,外公都能种出十把个子女来,谁又能断定岩窝窝那一撮泥土就会种而不果呢?

从溪里挑水上坡,是一件艰难的事。外婆在整个夏天都在做这件艰难的事。外婆开始做这事的时候,野地山坡还能看见一些劳作的身影,后来日头太大,整个村外就安安静静只剩外婆一人了。外婆不知道日光下的村庄有时会同月光下的村庄一样安静,外婆那时就有些茫然无措了。好在铁的任务在告诉外婆一定要把岩窝里的庄稼浇遍,好在还有一些细碎的声音在提醒恍惚的外婆她的存在,譬如外婆粗糙的喘气声,水花溅出桶沿的声音,外婆赤脚踏着热尘扑扑扑的响声,还有,庄稼喝水时咕咕嘟嘟的声音。

头顶同一轮太阳,外婆在给庄稼浇水的时候,却没有人跟外婆浇水。恍惚的外婆终于没能在烈日下支持住,她眼前一黑,像一株被刈割的庄稼,温柔仆地。如果细看,外婆带着黑斑的皮肤其实裂得比土地更厉害。

看起来跟庄稼一样柔弱的外婆,其实却比庄稼坚强得多,在太阳底倒下的庄稼是永远也起不来了,但外婆不,外婆一到太阳下山,夜露降临,就会醒来。

外婆在地里晕倒的次数实在多得连她自己都觉不好意思。开始,家人还当一回事,把她急忙忙背回去,又是灌水又是刮痧的。后来次数多了,外婆还要冒着烈日出去,家人就警告她,再要晕倒就没人管她了。

但外婆不听劝告,真的还出去,也就真的还晕倒。家人等到吃晚饭的时候还不见她回来,一狠心,就真的没管她了。

半夜,匍匐在野地的外婆徐徐舒展,一节一节地撑了起来。然后她踏着月光,挑着空桶,一晃一晃回到家。第二天一家人起来,就像忘了昨天的事,连外婆也像忘了。再以后,家人就真的习惯了她的发晕。

呀呀呀,三新子哎,你快去呀,你妈发晕了呢!

别管她,等太阳落山了她自己会醒。三新子刚从山上砍柴回来,这会儿正躺在大门口的竹椅上纳凉。他动都不动一下,只这么说。

秋天,别人家收芝麻绿豆的时候,外婆那块土地一样也有收获。然后每次煮芝麻绿豆粥的时候,外婆就一脸荣光,说:看看,不是我,你们能吃上这一顿吗?

一家人吸溜溜大口大口喝着烫粥,没有人接外婆的话茬。外婆就越发得意的样子。

十几年过去了,岩窝里的那块地,外婆还在种着,没有人拗得过外婆。子辈孙辈们当然都知道这样下去,结局会是什么。但他们有什么办法呢?他们能准备的,也许只有眼睛里的一窝泪吧,到时,就用这窝泪浇浇外婆。

风来银光动

等叶子都长成了,阳光饱满的时候,又有风,村庄就活跃了,像个万花筒。

在梦中,我总想起那些个阳光在嫩叶上闪着碎银的日子,那些日子,心情特别明亮,明亮得就像叶子上的银光;也特别轻松,轻松得就像片片招摇的叶子。那些日子,我们连走路也不规矩,而是蹦着跳着,在摇曳的村庄上,在翻腾的绿浪里,在闪烁的银光中,穿行。把自己想象成任何一种快乐之物,迎着风尖号,风扯碎我们的号声撒在绿浪银光中,我们的快乐就播种在村庄里的角角落落了。

怎么来描写意象中的那些风中之光呢?风轻轻重重、东一丛、西一丛走过无垠的绿野,像是一张张虚网在掠捞禾尖上的碎光,但碎光如灵巧的鱼儿,风来即隐,只剩下一片水域般的虚影。风在田野上网来网去,特别快,但光亮更快,总在风来之前的一刹那,隐成灰影。而风刚去,又立刻跳上叶尖,自由自在地闪。风什么也捞不到,却把平时安安静静的原野弄得波逐浪涌的样子,好看得不得了,让幻想看海的孩子,梦中不再是一片空虚。

村前是一排白杨树，白杨树长得要触天了，比村里的任何东西都高。站在树底，不管风从哪边吹来，都像是在向上斜吹，树的叶子都哗哗哗地朝上涌动。大概是白杨树长得又美又高吧，阳光也一副特别垂青的样子，把好多光都聚在树叶上，树叶亮得刺眼。而风一吹，片片光亮就像要挣脱树身飞向天，晚上做星星呢。可又挣脱不了，就在树枝上频率极快地颤抖，把清晰的碎光抖成光雾，然后树身就都成了一丛丛燎天大火。只不过，全天下恐怕都没这么明亮的火苗，而火苗中竟还掩藏着深深、深深的绿。

光在微风的水面上，趁四下无人，有清算自己家私的意思，把片片碎银全都摆出来了，然后一片一片地计数，但风不让，突然来一阵强的，恶作剧般把水面搞得混乱，所有的银光就混成一片了。但光不恼，等强风过后，又把家私摊开，不厌其烦地数，然后就是一天。

光沾在柳叶上，柳枝就成了锡箔包成的门帘；光沾在西墙上，西墙的爬山虎就成了一只只装满绿液的玻璃杯；光有时也与风合作，把人家的玻璃窗当作镜子，摇着晃来射去，在日光照不到的墙根屋角，寻找它们阴雨天丢失的家什。

有风的日子，最美的阳光在后山谷的轻瀑前。我也是偶尔一次与小妹玩耍时才发现的。雨季已过，瀑布薄薄的像轻纱，风来纱摇，像抓了一把一把的阳光朝外扔，扔得满天满山都是。然后就觉得天上的太阳反倒不是太阳了，世界上的光明都是这瀑布扔出来的。这还不算最好看，最好看是站在谷底，仰头望着如纱似雾的瀑布，透过瀑布，阳光就不再是白光了，而成了七彩的霓虹，满目都是，到处都是，一个个缤纷的光环，把我和小妹层层笼罩。我想不出，还有什么时候比此刻更快乐的了。后来，我再带别人去看，却很难看到这奇异之景了。要不多不少的瀑，要明明亮亮的光，要恰到好处的风，谁说不难呢。

童年是清苦的，但记忆中的童年总充满着种种无法抹没的快乐，让我回忆起来常这般没完没了。

正午忧伤的阳光

中午放学的时候,天青把我叫住,说有事问我。天青比我大三岁,高两个年级,我从不跟他玩,他找我准没好事。

我问他什么事,他说等一下告诉我。我稍一迟疑,别人就作鸟兽散了,学校只剩我和他。我有点心慌,说一句"下午再问我",拔腿就跑。

天青一边喊,一边跟在后面追。追上我的时候,我已离村庄不远了,他气吁吁地拦在我前头,说:"别人都说是你告诉秋生的,我偷他家的甜瓜?"我也喘着气,说:"别人烂嘴,我没说!""你说了你是我崽?!""我没说你是我崽?!""你妈妈的说了还不承认!?"天青推了我一把,差点把我推倒,我一气之下就说:"你敢偷,我就敢说!"

这下天青来火了,一巴掌把我掀到了路下的稻田里,从路上到路下,差不多有我两个人高,我摔下去就成了泥人,我当即大哭起来,同时操起一把烂泥朝天青砸去,烂泥在天青胸前溅开一朵泥花。天青就跳下田埂,将我扑倒,我又跌了个狗吃屎。爬起来,我再向天青甩烂泥。天青要用手拦，烂泥就穿过他的指缝，溅了他一脸。天青怒甚，抓住我的双臂往左一摜，我摇摇晃晃没倒，我边哭边骂他祖宗十八代。天青涨红着脸，又用力把我往右一摜，我摇摇晃晃倒了，天青就骑在我背上，一边抓着我的头发扯，一边骂我祖宗十八代。我撅着屁股使出吃奶的劲，想将他掀翻，但掀不翻。我就重新哭着骂他的祖宗十八代。天青跟我对骂。两个人骂到最后，就只能重复相同的骂词了，天青觉得没有占赢面，就一边骂，一边又发狠扯我的头发。我非常吃痛，吃痛之后的我就骂得更凶了，我好像要用最恶毒的话来抵消他给我身体带来的剧痛……

现在来说说当时的情形。我记得当时是一个难得的大晴天，天空碧蓝如洗，阳光丝丝缕缕，就像谁家在晾细如花针的蚕丝，干净得找不出一点杂质。而那时的稻田也美不胜收，禾苗正在抽穗，花香沁人肺腑。伏在稻禾之中还会看见，在正午的阳光下，花穗与花穗之间浮泛的那层雾一般的尘粉。

那时好像没有蝉鸣，鸟雀也躲到树荫里去了，整个世界都静悄悄的。我们把最后的力气折腾完了，就静静地待在水田里，姿势还是原来的姿势，天青在上面骑着我，被正午的阳光晒得满头满脑的汗；而我则伏在泥水里，感觉肚皮凉飕飕地发寒。天青见我不吭声了，就准备放开我，但他才要移身，我在下面就骂起来。我大概是不愿看到他以一副胜利者的姿态收场。他偷人家的甜瓜，凭什么我说都不能说？又凭什么在这场打斗中以他的完胜而告终？我打不过他，但我一定要骂到最后。

天青见我还骂，就又骑在我身上，扯着我的头发摇一阵。我骂累了的时候，他也摇累了，两人就又陷入新一轮寂静中。天青大概也不想以我的骂声最后收场，这样就陷入了某种颇具希腊神话色彩的没有结尾只能重复的怪圈……

不知过了多久,母亲在村庄的屋前屋后喊我吃饭,母亲的声音穿过丝一般明媚的阳光传过来,然后跌落在这丘高坎之下的稻田里。我听了母亲的声音,就哇的一声再度哭起。我的哭声应该像一只箭冲云间的鸟雀,但居然传不到母亲那里,大概是高坎一开始就限制了我的声音横向传播吧?母亲还在村里一遍遍喊我的名字,声音却越来越缥缈,就跟这正午的阳光一般。

然后我就感到与母亲的距离原来是这样遥远,咫尺也可成天涯。原来单个的人有时竟这般孤独无助,明明是看到了救援的希望,却根本无法企及。就像挣扎在无边的海域,眼巴巴地望着一只轮船以忽略自己的姿态,从出现到消失。我的哭声又渐渐低落下来,绝望一点点在里面掺染……

后来,是下午上学的孩子把我们分开了。我从水稻田里爬起来的时候,突然感觉那天的阳光很忧伤,与一个人走在迷天迷地的寒雨中一样忧伤。从此后,每当阳光最明媚的时候,我就特感孤独,伴随还有一种想流泪的冲动。隔着泪花,最亮的阳光呈现出一种深似海的蓝色。

第三辑：故乡雪飘

失落的那片雪花

不知为何，一想起童年时的伙伴二发，最先想到的总是二十几年前那个黄昏的那片雪花。

那个黄昏下了那年的第一场雪。天虽然极冷，但空气挺干燥的，灰蒙蒙的天空透着黄橙，风微微的，没有方向，四面都来。我们谁也没想到这时会下雪，但天空中不知什么时候就有了一些飞絮般的东西在飘，是二发第一个发现下雪了。二发惊喜地叫一声，就展开双手追着空气中一片较大的雪花飞跑。由于风的缘故，雪东飘一下，西甯一下，像是要与二发捉迷藏。就在二发以为倦了的雪花终要安静地栖息在他手心时，风突然拔地而起，那片雪花又羽毛般地飞起来。然后雪花就飞到了我身边，我尖叫一声想伸手去接，二发从后面猛地将我推开，我踉跄着差一点摔倒，只好站在那里看着他继续追逐那片雪花。我以为二发最终会成为那片雪花的主人，但没有。二发最后被禾坪里的一截烂木头绊倒了。等他爬起来时，雪花已倏忽入地，不见了。而他的双手却被细沙磨得血粒子直冒。血粒子像花蕾一样迅速长大，开了又谢了，一滴滴往下掉，如瓣瓣落红。大家就知道，二发摔得不轻。

那个冬天，雪一场接着一场，下得极大极多。我们堆雪人、打雪仗、滑雪坡，稚嫩的笑声像冰碴碴一样又脆又亮，在村庄的前前后后起起伏伏。唯独二发只能站在屋檐下抽着鼻涕，羡慕得发呆。他双手缠着厚厚的纱带。起初谁也不会想到，二发在失去第一片雪花后，同时也失去了整个冬天的那一场场大雪。

然后就是往事的云层迅速掠过记忆的天空，从那个冬天后我们好像一下子就长大了。有关与二发玩雪的记忆也在那个冬天戛然而止。

二发是在上初中二年级的时候，父亲突然双目失明。二发就停学了，跟着大哥做生意。世界在他面前徐徐关闭一扇窗口的同时，又展开了另一扇窗口。

我读大学时，他家算是发达了，从那个偏僻的山村搬到了县城。我到县城搭车去学校，先天晚上就住他家。我们都长成男人了，他只记得童年时我们玩得比较好，但一点也不记得童年时那些零零碎碎的事情了。他一副暴发户的模样，先请我吃唧螺，然后请我看录像。那是我第一次看三级片，心里还没有那份承受能力，我借口头晕，匆匆而逃。那晚之后，我就把童年时的记忆悄悄掩埋了，以后经过县城时我再也没找他了。

然后又是很多年过去了。前年我回家探亲，见他家那幢破烂的瓦屋上居然有袅袅炊烟，我就问父母是怎么回事。父母告诉我，他家出大事。原来他家所谓的生意是走私黄金，被公安机关发现了，一家人就暴散四方，亡命天涯。县城里的房子也被公安机关查封了。他的母亲就只好返回村庄，重新拾掇那些破旧的家什，一个人清苦度日。在这之前，他失明的父亲早已死了。

我去看望他母亲的那个黄昏，正好也下着雪。雪沙沙沙地打着屋顶，我站在他家漏雪的屋子里，看着他母亲雪白的头发，往事的云层一下子又掠回到了二十几年前那个飘雪的天空。神秘的命运是不是从二发失去那片雪花开始，就决定了他将失去所有的一切？

我想，如果二十几年前二发不推我一把，让我接住了那片雪花，也许我会赶在雪融之前把这片雪花归还到他的手心？但二发从小就是这样，他看上的事物，容不得别人指染。而他一旦有了确定的目标，就全然不顾及危机四伏的周围环境。他不知道，那截烂木头也许一直伏卧在他命运之途的某个角落，伺机第二次出击……

阳光下的冰

春天挖开黑土地，有时能找到一些白芽芽；冬天微雨一冷，就满山遍野都是白芽芽，春天的白芽芽是花草树木起初生长的模样，冬天的白芽芽是雨水生长的模样。雨水在夜里满世界长芽儿，特别是山沟里的悬崖上，倒着一夜可长出几丈来。太阳出来了，草木的芽儿转变成青，雨水的芽儿则化雾消失。雨水的芽儿叫冰条儿，如果满山遍野都是雨水的芽儿，这现象就叫雾凇。雾凇在城里、在平原是难得看得见的，所以有时电视里就把这里那里出现雾凇当作新闻在播，而在我故乡的山里，每年都可以看到雾凇。沿山雨夜里潜入村后的高山，雨脚未断的时候，天气骤然变寒，沾在枝枝叶叶上的雨水就都变成冰了，然后就像满山花开，太阳一出来，就照得霓虹四射。这时若有微风，一山冰条儿就像疯狂的歌迷手里挥舞的荧光棒了。冰碴碴碎碎脆脆地互相撞着，声音玲珑清稚，也像无数少年在重重叠叠地喊。那时一个人在山中，也不会感到孤独。太阳久照，冰条融化，雾气升腾，一山裹着霓虹的雾气就有仙山灵光的味道了。每逢那时，我上山砍柴，即使啃着锅巴，也感着幸福得想流泪。

村前是平原，平原难得有雾凇，但冰溜溜却到处都有，只要夜里冷到一定程度了，有水的地方都会成冰。有时母亲早晨起床烧饭，微掀水缸盖，伸手要拿水桶，但拿不动，吓一跳，以为有贼躲在水缸里把水桶扯住了。掀开水缸盖，却发现水桶被冰给冻住了。

开门出来，见所有的水洼洼都给冻住了，在初升的太阳下泛着银光，大地上仿佛这这那那多了一堆堆宝贝似的。跑过去看，每一窝冻冰都特别的奇怪，仿佛有刀在上面雕刻了冰花，而且线条都直得要命。冰有时是贴着水底冻上的，稍远看就不一定能看出结了冰。而有时冰向上拱出来了，这时水底就有了一个白白的气泡。我们用脚去踩，往往啪的一声脆响。然后我们提起一根草叶，上面往往附着一大块冰，就这么提着一路晃荡去上学。

晴天的夜晚，夜里往往有雾，雾沾在枯黄的草叶上半夜遇冷，就冻成霜了。早晨起床，睡眼惺忪，就以为是枯草发芽了，但细一想却不对，春天枯草发芽的样子跟这是有些像，但那是一抹微绿。然后就以为是枯草突然老了，像邻家婆婆的头发，不觉间就白了。走近了，才知是盐一般的霜沾在上面，用脚在上面踩，一脚一脚，细沙细沙地响。回过头，一路脚印清晰可见。心里头就特别有成就感，莫名其妙的欢愉把自己弄得像一只兴奋莫名的叫驴，让路人一脸狐疑。

结冰的日子我们上学往往带个小火炉，就是一个破瓷杯，用铁丝把它圈上，里面放些木炭火，再加一些拾来的碎木条，坐着上课的时候，我们就把瓷杯放在脚下，下课了我们就把它提上来暖手。有时木条刚加进去，燃不起来，就弄得教室里尽是烟。老师这时往往要叱喝，要我们到教室外去弄。站在走廊里，我们提起瓷杯像舞流星锤那般舞起来，空气一对流，瓷杯里的木条就烧起来了，一团火就呼呼呼地夹着风声在我们耳边直响。那时因为穷，我们都穿得不多，天气又冷，所以几乎人人都备了个小火炉。尽管给教室带来了不少混乱，但老师也不多管。有了这个小火炉，整个寒冬我们就可以对付过去了，也不一定就是说这个炉子真能给我们带来多少温暖，而是全心伺候这个火炉子让我们忘却了冬天的寒冷。

现在气候转暖了，南方的冬天再也难得下两场雪了，更不要说结冰了。我们小时候很多场景就这样永远消失了，现在村庄的孩子再也碰不上了。我不知道，那些冰雪日子的消失，对现在的孩子，是一种幸运还是一种不幸？

总之，在没有冰雪的日子里生长的他们，已跟我们那时太不一样了。他们的所乐所为，已不能让我与记忆里的任何一事牵上关联了。尽管谁谁谁还能依稀辨认出是谁谁谁的儿子，但我真的怀疑，他们就是村庄的后代？

母亲不在家的雪夜

母亲不在家的那年冬天，雪夜特别的多，也特别漫长。白天玩雪也不觉得有啥不好，可一到黄昏，我和小妹就特恓惶。父亲的勤劳只表现在田里地里，在家里，父亲就懒散得很。早晨把饭做好，一家人就吃一整天。中午饭凉，也不炒一下，就从坛子里掏出一把盐腌辣椒胡乱吃一顿，这还算好，到晚上没饭了，就每人啃一个红薯，然后带着我们早早上床睡觉。

母亲在家则全然不是这样。母亲在家时的每一个黄昏都非常宁和。母亲把炭火生得旺旺的，把晚饭做得香香的。等一切做好了，母亲就倚在门口，用笑脸迎接我们。那时回家，就有一种说不出的舒适。我们吃完热菜热饭，一家人围着团锣烤火，不点灯也不怕黑暗。木炭的火光把我们的手指照成玉的模样，红红的透明。火光也在我们彼此的身上镀上一层温暖的颜色。我们说着话，或是父亲母亲合计生计，我和小妹则在一旁玩剪刀锤子布的游戏。或是父亲母亲给我们讲一些神力鬼怪的传说，有时也出一些谜语给我们猜。外面的风雪再大，也好像离我们很远。等大家眉眼有些睁不开了,母亲就找个烘笼,往里面夹些火炭,然后塞进床上的被子里烘,把床烤得暖暖和和,然后一家人就睡觉。每一个日子过得尽管平凡,却充盈而富有滋味。

但现在母亲外出求学了,一到黄昏,我与小妹只能顶着父亲的叱喝声回家,不点灯,不吃饭,也不烤火就上床睡觉。可肚子太饿,被子太凉,一双脚冷得比冰还寒,根本无法入睡。而风雪声又在门外嚎叫,窗棂和屋瓦都响得厉害。我和小妹在床上打着寒战,就特别想念母亲。我七岁了,不敢把这话说出口,五岁的小妹则常常在这时哭着叫妈妈,父亲冲着小妹偶尔发好大的火,骂她哭丧。但更多的时候是叹一声把她那双小脚搬到他胸口焐着。接着又默默地把我的双脚也搬到他的胸口。父亲的胸膛极为暖和,我们的小脚被父亲焐热了,就很容易睡着了。只是每晚父亲是什么时候睡着的,我们就不知道了。我们本来对父亲是有些恨意的,但父亲的这一举动常常能在寒夜深处融化我们心中的恨意,我们的睡梦中也不仅仅只有母亲的身影。如果有谁像我们一样经历过那些寒夜,就会知道那种寒冷的彻心彻骨。我和小妹的脚有时不小心碰了对方的身子,往往会冷得浑身一颤,很快就会把对方的脚狠狠蹬开,然后开骂。我们知道父亲也冷,但他既然做了我们的父亲就只好咬着牙忍着。有时他忍不住,嘴角就咝咝咝地抽着凉气,一边骂:这两双死脚,冰得像刀子呀。我和小妹偶尔也会笑出声来。但笑声里也夹有恓惶。

年关母亲从遥远的县城回来,我和小妹像飞射的银鱼老远就扑进母亲怀抱,我们笑得满脸红灿灿的。母亲一进门就掏出一大把糖果塞给我们,然后她与父亲就进了里屋,门咣啷一声关上了。等他们出来时,我抬头看父亲,发现父亲的眼睛红红的,我就知道父亲原来也会哭。在母亲面前,父亲也是个长不大的孩子。

小妹也看见父亲眼角的泪花了,就一声叫开了:爸,你怎么哭了?

父亲瞪了她一眼，恶恶地骂道：谁哭了？乱嚼舌头，看我不撕烂你的嘴?!那时母亲就笑骂父亲：有你这么凶孩子的吗？

母亲回来后，一家人说了一些话，这个家很快就有了年前节日的氛围。当晚母亲就烧起了旺旺的炭火……

什物滑过冰面

不知为什么,到现在我还依然记得那一池什物,在初阳之下,疲惫而无奈地躺在被破坏了的冰面上。那是我上初中时见过的许多情景。

上初中时我们睡在教室的楼板之上,伸手可及屋瓦。下雪的日子,雪粒子从瓦缝里掉落下来,早晨起床,我们看起来就像盖了一床薄薄的雪被,想起那种寒冷,到现在仍然心悸。即使是晴天,半夜的寒气有时也会将我们冻醒。冻醒后的我们,往往会想到学校门前的两口池塘。天明爬起来一看,果然,全冻上了,银白色的冰面在阳光下泛着粼粼青光。我们就呼啦一声,跑过去,拾起石子、瓦片、碎玻璃就朝上面扔。什么东西一到冰上,就像长了飞毛腿似的,唰的一声就从池塘这头滑到了那头,简直比天空里的一只疾鸟还快。而跟随什物滑过去的仿佛还有我们一颗夜里被冻僵的心,嘌——!那种速度带来的快感使整个胸膛的血都沸腾起来了。这时我们就一个个快乐得成疯的模样,不管什么,抓起来,就斜倾身子,脱手扬飞。冰面上道道凌厉的响声如支支破空而来的响箭,池塘四周一时就有了战场的模样。有时我们还搬起老大的一块石头朝里面扔，咕噜一声，冰面砸开了一朵花。有雪白的裂痕迅速向四周延伸。然后我们拾起砸碎了的冰块朝上面扔，哗啦——！冰块四分五裂，朝着各个不同的方向射去，那速度快得更是没法比。我们就在岸上疯叫，恨不得把自己也扔上去。可惜冰太薄，不然早把自己扔上去了，北方人在冰上就是扔自己，而不扔什物。有时也打赌，就是扔自己吃饭用的瓷碗。这就要点胆量了，如果扔得不好，瓷碗停在了池塘中央就多半没辙了。

然后是要等到铃声响了，我们才恋恋不舍回到教室。人在教室里，心神却还在池塘边。从窗子往外望，只有这时，才发现满是什物的池塘是多么的丑陋，又脏又乱让人触目惊心。以致我们几乎要怀疑自己就是这种场面的制造者。而冰面上的什物也一下子失去了刚才的鲜活劲，一件件都笨呆呆地躺在上面，像一些被凌碎了的尸首。

最后收拾残局的不知得归于冰还是得归于水，或者归于阳光。总之等上完一节课我们再出来，什么什物都不见了，冰已融化，阳光下波光潋滟，池塘恢复了平常的样子。

但在夜里，寒气袭击我们的时候，就会再次冻住池塘。而我们的一天又会从向池塘扔东西开始。我现在都搞不清，我们那时是在寻找一种纯粹的快乐，还是寻找一种破坏的快乐？而战争带给男人的快乐，是不是同一种类型呢？

莲花之死

也是个风雪天,与父亲吵了一架,我跑到了外婆家。我一个人坐在火炉边生闷气。舅们都出去了,外婆在各间房里走来窜去,不知忙个啥。外面风声呜咽,卷起雪粒一阵一阵往门上掼,打得门板爆米花似的响。这时莲花拉开门,从外面走进来。跟着她进来的还有一股风夹雪。我陡然哆嗦一下,就扭过头瞪着她,她神情恍惚,朝我卑微一笑。我气她还不快把门掩上,就没理睬她这种异样的笑。她的笑就冻在唇边眼角,然后像花一样一瓣一瓣地枯萎。

外婆赶紧走过去把门关上,风雪像被拦腰斩断,那条要横扫一切的尾巴在屋里也就突然静伏下来。莲花一脸苦相地看着外婆,她说:我活不下了……外婆不看她,还在忙着手里的活计,嘴里却说:你这厮身,竟做出这样的事。现在有什么办法,只能忍啊。我不知她俩在说什么,我也不关心她俩在说什么。我还在生父亲的气,我都十五岁了,父亲还打我耳光。

然后我听见外婆又对她说:你这厮身,站着干什么,坐下来烤烤火啊。莲花就把身子移过来,站在我对面,想坐又没坐。她重新在脸上开了一朵笑,然后对我说:学校放假了啊?这不是废话,都年关了还不放假?我没答她,抬头又瞟了她一眼。少年人就是这样,一个人得罪了自己,就觉得整个世界都在跟自己过不去。说什么做什么都没个好声相。我感觉莲花浑身颤了一下,迟迟疑疑的身子就没坐下来。她对外婆说:我不坐了,我还是回去……外婆劝她:别回去了,等过完年再回去。她凄苦地摇摇头,然后推开门,很快消失在风雪之中。我随口问外婆,她出了什么事。外婆敷衍我说,没事。

但结果还是有事。当晚掌灯时分,她丈夫裹着一脸雪花,气急败坏地闯进外婆家,告诉大家莲花上吊死了。她用一丈白布吊死在一座破庙之中。外婆轻轻地叹了口气,说:这厮身,做事欠考虑……然后就再没说什么了。

而我,却陷入了无比的震惊之中。下午莲花消失在风雪中的身影,开始在我眼前絮一般地飘摇……

后来,我终于知道了事情的真相:莲花偷汉子了。莲花的丈夫外出广州打工,莲花带着她的五个女儿苦巴巴地将就度日。后来村里一个光棍汉田里地里处处帮衬着她。两人不小心就好上了。年关莲花的丈夫回来,得知此事,自然怒不可遏,将莲花连连暴打,百般谩骂。莲花就只好在这个风雪的黄昏悄悄地走了。

但我却不认为这是事情的本质。潜意识里,我隐约感到莲花是死于我的冷眼之中。莲花既然敢偷汉子,就一定预料到了将来丈夫的暴打。但她没有预料,在这个风雪的黄昏,来寻求温暖的她,遭遇的却是两束冰寒的目光。她求生的芽儿一下子就像被这场风雪劈下的梅蕾,彻底死了。她不知道,这个少年根本不知道她的事情啊。如果那天下午她真在我对面坐下了,她就一定不会去死了……

莲花是外婆做的媒。平日里她来外婆家走动,待我很好。我喜欢她平时甜美的笑容，我叫她姨。就算她偷了汉子，我也不想她就这样死掉啊。

很长一段时间，我都觉得自己犯了一个不可饶恕的错误。同时我发现，莫测的命运常常会被一些细微的事物彻底改变，就像真空中悬浮的球体，只要稍微碰撞，就会朝相反的方向射出好远。从此后，对人对己，我都谨慎了许多。

一件小事有什么意义

　　漫天风雪的时候，我就站在窗户前看屋外旋风回雪的样子。禾坪已彻底冻上了，风如一头野兽，在禾坪里东一头西一头地撞着，已经蜷伏的雪花，像受惊的小物，又窜飞起来，四散惊逃。风捕不到它们，就在禾坪里追逐，整个禾坪的雪花就全舞起来了……

　　我喜欢看着雪花，作无限的幻想。我甚至想跑出去同雪花齐舞。我想，在冰面似的禾坪上迅滑，我的身影一定也像一朵快乐的精灵。但那时一家人正围着团锣烤火，父亲母亲不会让我出去的。我正犹豫，邻家的大娘突然挑着一担空箩筐从家里出来，战战兢兢走在我家的禾坪上，风扯着她的衣服和头发四处飞扬，雪花围着她像一群飞虫。她的身子摇摇晃晃，终于脚一滑，摔出好远。两个箩筐则像巨大的风篷，随风疾滚。我想也没想，就冲出门外，跑到禾坪，将她扶起。我问她摔着哪儿没有，我又说，禾坪都冻上了，我们出出进进也会摔倒的。我扶着她回家，然后再返回将她跑远的箩筐拾回来。我做这些的时候，只想在风雪中多待一会儿，来享受与风雪同舞的快乐。我在禾坪里尖叫着，飞旋着，把手伸向天空，同时张开嘴巴，让雪花飞絮般地灌进来，灌进来，让舌头感受着那一片片冰凉的美妙。要不是父亲从窗子里看见了，叫我回家，我还会在禾坪里滑翔很久。

但我没想到，就这件小事竟使我从小在故乡就德名远扬。第二天风雪停了，邻家的大娘就亲自登门向我父母道谢。几乎把我夸赞上天了，说我小小年纪竟这么懂事，这么冷的天竟肯为她一个老太婆跑到外边。又说我怕她摔得不好意思，还晓得用话安慰她，说别人出出进进也会摔着的。然后她得出结论，小小年纪就有这么好的孝心，日后必成大事，会成为村里最有出息的人。夸得我母亲嘴巴都合不拢。

大娘的这番话不但是对我的家人说，还逢人便说。然后村里所有人都知道我是一个非常不错的孩子。然后我自己也以为自己是一个非常不错的人。然后我做什么事都有意无意就向着美、善的方向发展。然后我就活成了现在的模样。我不知道我是否可算作村庄最有出息的人？但我知道，在这些年向善的过程中，我的心灵已被淘洗得纯粹如玉。我感谢那件不经意的小事给我带来的一切。

什么是家

初雪来临了,雪粒子从檐瓦间蹦跳进来,打得楼板沙沙作响。

来雪的晚上,母亲的叹息和儿子的兴奋也同时到来。雪停的早晨,母亲拿一个簸箕上楼扫雪,儿子就奔出去与村里其他孩子堆雪人,打雪仗,玩得忘乎所以。村前村后,快乐的童音喊成一片。母亲忧郁的脸上也就有了一丝欣慰的笑。

收了笑的母亲依然一脸忧郁。果不其然,雪融之后,寒风寻踪而至。寒风从去年熟悉的门缝里、窗缝里、墙缝里钻进来,一下子就把家里稀薄的温暖掠走了。寒风熟门熟路地把这个家当作了过路凉亭。儿子和女儿开始在夜里冷呀冷呀地哆嗦着叫唤。父亲和母亲就寻来所有的旧纸将来风的隙缝糊住,但寒冷似乎已侵占了这个家的心脏,温暖再也不肯返回。这个家急需一炉不灭的炭火,与寒风营构的寒冷对抗。

寒风终于也要喘息,天突然放晴,父亲决定利用这个机会,到十几里外的后山烧一窑木炭回来。母亲闻鸡起床烧饭。一大早,父亲就带着七岁的儿子上路了，留下母亲在家照看三岁的女儿。

把锋利的柴刀从腰间解下，父亲左劈右砍，杀出一条通向茂林修木的路。伐木声和父亲的吆喝声开始在静日的空山里清脆响起。锋利的柴刀去芜存精，一根根原木就从父亲的手中递到儿子的稚肩，儿子的任务是将原木运到窑边。

山鸟啼归时，父亲回到窑边，发现刚才空旷的窑坪这时已垒成了一堆"柴山"。身强力壮的父亲惊讶的不是刀锋之利，而是儿子稚嫩之肩的负荷能力。父亲心疼地扒开儿子的衣领，虽然隔着几层布衣，儿子的稚肩还是磨得又红又肿。父亲把一口口水吐在儿子肩上，然后用手揉揉。

父亲赞许的眼神是对儿子劳动的最大赏赐，儿子一时豪情万丈：干脆把火烧起来。受了儿子豪情的引诱，父亲也仿佛回到了奔放的青春，答一句"行！"就将这个年纪应该考虑的事情全抛到了脑后。譬如饥饿来临，天色近晚；又譬如月初夜黑，归路崎岖。

在寒风中畏缩了十几天的男人终于在劳动中找回了自信。父亲扬刀断木的时候，儿子就将断木运到窑门边。父亲进窑装木的时候，儿子就在四处寻抱烧火的干柴。

夜幕降临时，父子俩将一切准备就绪。父亲让激动不已的儿子划亮了一根火柴，火柴点燃了熊熊巨火，火焰照亮半壁山岭，也映红了父子俩喜悦的脸庞。火焰在宽大的火洞里呼啸着舔进幽黑的窑口，就像舔进了父子俩寒冷已久的胸膛。再没有什么比在寒冷的冬天点燃一堆大火更让人忘情的了，再没有什么比在寒冷的冬夜保持一场大火更让人专注的了。火光之中，父子俩虔诚的脸庞是一副超然物外的表情，完全已忘记了家中的母亲有怎样一副盼归的心情。

日头依山岭时，母亲就背着女儿在村口望了又望。早晨母亲没有往父子俩的口袋里塞干粮，就盼他们饿了之后早早回家。母亲知道父亲干起活来就会忘记一切，父亲总要把一件事弄得妥妥帖帖才记得回家的路。母亲已习惯了父亲这副脾气。但今天不同，今天是七岁的儿子第一次承担男人的重活，父亲应该懂得早早地把他带回家。以防他第一次就丧失对劳动的信心和兴趣。但现在日头都落山了，还不见他们的踪影，母亲的心开始被一种说不出的情绪揪着悬吊起来。惶惶然的母亲对自己说，做饭吧，也许做好了饭他们就回来了。但母亲把晚饭做好后，父子俩依然没有回来，而黑夜却来到了村庄，伴随黑夜而来的还有轻微的寒风和凉凉的湿气。寒风在檐角边呜咽，像一支不祥的唢呐曲，母亲的窝心一跳一跳地在胸腔里舂米。这么黑的夜，这样陡峭的山路，让第一次出远门的儿子怎么回家呀？母亲再也没法在家待了，给熟睡的女儿掖好被角，母亲寻了一支手电出门了。

母亲心慌意乱地匆匆上山。母亲的手电光在黑沉沉的夜色里萤光般渺小。每一丛摇晃的灌木都让母亲的心惊惊乍乍，每一只蹿飞的山禽都让母亲的魂纷纷扬扬。而母亲的希望总是在手电光照清路前黑影的一刹那间，一次次破灭。

山路多歧，母亲就选择父亲最熟稔的路走。母亲以为凭借自己的直觉就能找到父子俩。母亲就这样翻山越岭，像一只母兽寻着亲人的气味一路而来。

母亲循路前行时，山坳窑口火洞里的大火依然熊熊。只是烧火的只有父亲了，又倦又饿的儿子像只猫咪偎依在父亲脚下睡着了。火光映照着他甜甜的睡脸，温暖营造他甜美的梦乡。在梦中，儿子看见自己捧着一团巨大无比的火送到母亲手中，那时的母亲是一脸神采奕奕的笑。

不靠理性指引，无路可走成了母亲最后的归宿。站在林茂木深的山中，孤独、恐惧、担心、委屈一齐朝母亲袭来，母亲这才发现自己竟是一个人独处黑夜荒山之中。惊恐无比的母亲突然从喉咙里喊一句：

根生——，根生哎——！

空山夜静，母亲的呼喊像林间响箭直射夜空，群山为之应鸣，"生——哎——！"声音如涛似潮，重重滚过群山，渐遥渐远渐无。母亲把自己吓呆了，她没想到空山回音声势会如此浩大！一声呼喊，几乎将整个山林惊醒。一林子夜鸟都扑棱棱飞起，盘空喋喋长啼。

母亲再不敢喊第二声了。根生是儿子的乳名，母亲很后悔将儿子的乳名喊出来，若是让山精野怪听去了，以后寻着儿子的名字前来索魂那可不得了。这一声呼喊，甚至像是已把儿子的魂魄抛向了夜空，被四周的山精迅速撕碎，你一点我一点地瓜分带走。

恢复理性之后的母亲发现自己犯了一个很大的错误，山路蜿蜒多歧，她怎么知道哪一条是他们父子回归的路呢。也许父子俩早从别的山路回家了。母亲只好跌跌撞撞往回奔。跌跌撞撞的母亲突然发现寒风已把石头上的湿气冻成了滑溜溜的薄冰，山路像打了磨一样。焦虑就再度笼罩了母亲的心，母亲怕父子俩万一还没回来，这样的山路又该如何走啊？

果然，父子俩真没回家。母亲推开门时，家中只有被寒气冻醒的女儿在撕心裂肺地啼哭，母亲急忙忙跑过去，连女儿连被子一把抱起揣在怀里，心疼得不得了地哄着她继续入睡。

而那时窑前的儿子却被父亲拍醒。窑中原木已经烧燃了，原先黝黑的窑口现在已火红火红，再不需要在火洞里加柴引火了。是该回家的时候了。只要隔几天来打开窑门，就可取出一窑上好的木炭。整个冬季就不用犯愁了。

父子俩开始趁夜色回家。夜漆黑而深沉，路崎岖而漫长。儿子在前，父亲在后，两人左手各拄一根拐杖，右手同牵一段藤蔓，就这样一步一挨，互相应答着向家的方向慢慢靠近。好在再黑的夜晚，总会有些微天光，山路的薄冰既是回家的障碍，又是回家的指引。实黑的是灌木，虚黑的是夜空，那一条若有若无的微白则是通向回家的路。

时间在冬夜里停顿，精疲力竭的父子不知走了多久才看到村庄里母亲点亮的那一盏微灯。狗吠是寒夜最动听的音籁，从狗吠声中可以测出与母亲那盏微灯的距离，狗吠声声可以证明距村庄不再遥远。

微灯下的母亲支着下巴在等待那一场归来，灯花微微的爆响也会惊吓神思恍惚的母亲。母亲在等待中感到寒夜的时流也被冻结成冰，是那一声声狗吠和鸡鸣，才将神游的母亲从凝滞的时流中一次一次唤醒。

那等了千年万年的推门声终于"吱呀"响了。见到母亲的儿子，一扫全身的疲倦，兴冲冲叫道：妈，这个冬天我们再不用怕了！见到儿子的母亲没来得及答话，哭声就先侵占了她的喉咙。

放声大哭的母亲动作简直疯狂，她先是一把将儿子拉进怀中，被莫名其妙的儿子用力挣脱后，她又冲到父亲面前，拼命用手擂他的胸膛。

这个场景，二十年之前的儿子记住了却没法理解。二十年之前的儿子在那个冬季，只体会了辛勤的劳动可以换来在寒冷的冬天围着火炉，对遥远的春天进行美好的构思和幻想。

第四辑：在往事中成长

伤疤情结

初二时，班上有个同学，叫小江。小江的鼻子不知咋搞的，上有明显的斑痕，估计是小时候受过伤，或被狗咬过，或被猫抓过。因斑痕呈瓣状，有点像猫鼻。大家就给了他个诨号，叫猫鼻子。叫的人也不觉得是侮辱，应的人也不觉得是被侮辱。久而久之，他的真名好像被人忘了。

但有一天，我们和猫鼻子在江边散步。两名吃吃笑着的少女迎面而来，因为美丽，就不免有些傲气的样子。那时我还是浑小子一个，看了她们一眼，又继续说自己的话，可身边四五个男孩像突然哑了，竟没有一个接腔。话题刚还像群闹鼠，这会儿因为两名少女的经过，都缩回嘴洞里了。我感到莫名其妙。特别是小江，他本来走在路中间，少女应该与他擦身而过，可他一下子就蹀到路边了，还用手掩着鼻子，把脸扭到一边，装着吐口水的样子。我突然知道，原来他挺在乎自己有缺陷的长相。

我再叫他猫鼻子，他答应得挺勉强的。我是第一个感觉出来的，从此我就叫他真名了。但其他人仍叫他诨号,终于有一天他怒不可遏,大打出手,与一个叫他诨号的人干了起来。那人不单叫他猫鼻子,还明显带有奚落的成分。他就再也忍不住自己压抑好久的情绪了。

有了这一架后,当面再没有人叫他的诨号了。他似乎松了一口气。可那是十四五岁的年龄,动不动就会闹翻,而一闹翻,别人必会骂他猫鼻子。这时再听,自然就更刺耳了。每每这时,他必满脸紫红,眼睛里放出仇愤的光芒。他追着人打,一副恨不得要置人于死地的样子。但追不上,他就绝望地哭。换成一副恨不得自己死了算了的样子。让人心惊胆寒。

我正庆幸之际,突然发现自己身上也有伤疤,在耳朵根子后。

我记得是初二下学期要结束的时候,是毛桃初长成的夏季,有天夜里醒来,我突然发现裤衩里滑腻腻的湿了一片,我不知道是怎么回事,心里又羞又怕。第二天当班上一个女生投我一束漫不经心的目光时,我就像被电击了般怔了半晌。我脸红耳赤,转身跑到寝室,偷偷拿着别人的小镜子,前前后后,左左右右,把自己的那张脸看了至少十几分钟。这时我就发现耳根后那条伤疤了。红红的有半根手指宽,半根手指长,不声不响地伏在耳根后。我的脑子当即嗡的一声,就呈糨糊状了。我马上怀疑那女生漫不经心的目光不是因为喜欢,而是因为厌恶。她在看我的伤疤?天啊,我怎么也会同小江一样啊?我叫小江猫鼻子,可人家背地里又叫我什么呢?想到这里,我的全身都寒得发颤……整整一个上午,我待在寝室都没出来。

下午我也没心思上课,早早收拾书本,将课桌一锁,回家去了。看到村庄的时候,我心里突然有股无名怒火在蹿。找到母亲,我恶声恶气地对她说:我耳后的伤疤是怎么来的?!母亲从没见我这个样子,她呆了一下,然后柔声问我:怎么了?我一副哭腔,喊道:我不去念书了!母亲有些生气了,说:问你怎么了啊?你以为是为我读书啊?我不言语了，两行泪从纯稚的眼睛里肆意滑落。母亲的声音又低下来了，她说：你看你这孩子……

然后我才知道伤疤原来是我四岁时，与堂姐打架，被堂姐拿火棍烧的。烂了好长一段时间，后来伤痛好了，我也就忘了疤。如果不是因为情窦初开，我也许永远发现不了那个伤疤。

而既是情窦初开的年岁，却让我突然发现这个伤疤，这又是多么残忍啊。开始的那段日子，我真有说不出的忧伤和绝望。我恨我父母，恨他们没有保护好我。更恨我堂姐，我恨不得拿刀杀死她才好。如果按照这个思路，写个短篇小说，那一定引人入胜。

没人的时候，我就对着镜子，侧着头，死劲地搓那个伤疤，好像这样能把伤疤搓走似的。可伤疤哪能搓得走啊，搓久了，我把半边脖子都搓红了，这样一看，伤疤倒像更长更宽了。我气急败坏，把镜子都砸碎了。后来我就怕照镜子了。我把课桌跟人换到教室最右边，这样上课的时候就只有墙壁能看见我耳后的伤疤。再后来我也与小江一样，特怕碰见女生，怕与女生说话。但初三时，我莫名其妙居然不可救药地爱上了班上的一个女生。那女生笑得特甜，她在教室里说什么话时，老爱看着我，我就怀疑她对我有意思，然后我就爱得她一塌糊涂，可又不敢表示，只是人变得越发自卑和纤敏。

高中时学鲁迅的《阿Q正传》，当老师读到阿Q因为头上的癞子而怕别人说亮说光时，别的同学哄堂大笑，只有我，霎时满脸通红。我觉得跟说我自己差不多。从那时开始，我就觉得鲁迅是个特刻薄的人。事实上也是如此，鲁迅的整个文风尖刻多于宽厚。他什么都看不惯，总一副俯视苍生万物的口吻。他这样的文风，别人伤是伤着了，痛是痛够了，可未见得能够疗治心病。我还算不错，背着这么一条"沉重的伤疤"，居然也能同别人一样考上了大学，而小江就没有我幸运。他的伤疤比我的明显得多，他大概被自己的伤疤"压垮"了。

大学时，谈恋爱，我老爱走在女朋友的右边。如果哪一回，女朋友走在我的右边了，我耳根后的伤疤总痒痒的有种火燎的感觉。好像女友的目光是火，在烧它。后来结婚了，我似乎放了好大的心。有一回躺在床上，我终于忍不住自己提起这个伤疤来。我对妻子说：我的那个伤疤是不是好难看？妻子漫不经心，问：哪儿啊？我说：就是耳根下那个呀。妻子哦了一声，说：让我看看，我可从没注意呢。我听了真是哭笑不得，也许是我太在乎自己了。我哀哀地叹了一口气。然后把年少时伤疤带给我的痛苦全告诉了妻子。妻子没心没肺地呵呵笑个不停。笑到一半，她突然想起了什么，就停住了，然后凑到我的脸前，说：你发现没有？我的眉角也有一条伤疤，读中学时，我也自卑过好长一段时间呢。我爬起来，仔细看了看妻子光洁的额头。天，她所谓的伤疤几乎要戴显微镜才能找到。她居然也说为它在意了好长一段时间！

然后我就想，是不是每个人在成长的过程中，都要经历一段"伤疤情结"？而其本质的原因，是我们对异性开始有了最初的关注？嚯，这也许是少年维特烦恼中的一种吧。

二十六岁后，我有个笔名叫玉疤子。这倒没有什么自虐的成分，不知为何，我感觉这名字挺温馨的。

耻辱之心

那时我常把饭夹成一小团一小团往上抛，趁它下落的时候，嘴突然向前一咬，就咬住了。咬住了就吃，咬不住就掉地下了。也不是成心糟蹋五谷。而是这饭实在没法下咽。

饭难下咽的原因是菜不好。菜里没油，又特单一，夏天冬瓜南瓜红薯粉，冬天白菜萝卜红薯粉，天天水煮。那种清寡气味，闻一下就不想吃了。

教工的菜与学生的不同。教工的菜香，有油，几乎每天都有荤菜。我们经过食堂的时候，瞟一眼就忍不住吧唧吧唧吞口水。吃不到，恨不得让眼珠子掉进去沾点油也好。胆大的学生于是付诸行动了，趁工友不注意，用碗在教工的菜盆里一舀，然后拔腿跑开。戴眼镜的老先生远远看见了，摇摇头，说一句：有辱斯文。可偷菜的学生才不管什么斯文呢，早与几个玩得好的小子，躲在一旁大快朵颐去了。

我没有偷过，但别人的成功却一直在暗处怂恿着我。有一天我经过食堂的时候，食堂没有一个人，我终于按捺不住，将碗唰的一声扣进菜盆,再一抖手腕,将碗翻过来,一碗满满的菜就属于我了。我正狂喜,却没料身后猛听得一声喝:偷菜!可耻!!我一下子吓得魂飞魄散,抬起腿,飞也似的夺门而逃。我跑了好远好远,才发现后面并没有人追出来。再看碗里,已颠得什么也不剩了。我站在那里喘着粗气。我想运气还不算太坏,刚才进来的是个女工友,若进来的是个男工友,我很可能被擒。擒住了往班主任那里一送,再由班主任拧到教室,当着大家的面骂一顿,那我就全玩完了,如果到了那种地步,我还不如去死。

那个女工友是谁呢?回想起当时那猛的一声喝,我的心又凉了半截。她是语文老师的妻子,很可能认识我。我语文学得好,是语文课代表,平时收完作业常往语文老师家送。语文老师还有个女儿在我班上读书。叫虹,她长相一般,却文静得有些动人。她成绩好,常在教室里轻轻哼邓丽君的"在哪里,在哪里见过你……",声音很甜美,很抒情。她平时喜欢借我的作文看。她本来可以在她爸爸那里看我的作文,但她不,一定要等到作文发下来后才从我手中借。我以前没感觉,她看了就看了,但近段她看我作文的时候我就非常紧张,我恨不得篇篇作文都拿班上最高分……

现在我想,那个女工友,也就是师母,回去后一定会告诉语文老师的,语文老师也许会告诉班主任,也许不会。但他一定不会再要我当课代表了。还有,虹知道这事后,一定会非常鄙视我,再不会借我作文本了。她以后看我时,眼神一定会冷冷的、幽幽的、怨怨的……

待惊魂甫定时,"可耻"两字开始在我心中空空落落地回响,像盖邮戳似的,反反复复在我心头烙着。我感到好难受,胸口好痛。我不停地问自己:我是一个可耻的人吗?我是一个可耻的人吗?然后眼泪就哗哗地流了下来……

感谢命运,总算让我逃过一劫。十几天后,我的紧张不安终于有些舒缓。因为语文老师也没撤销我的课代表，他女儿虹还一样笑吟吟对我。我就知道师母也许并没有看清是我……

现在回想起来，我的手心子仍然有些冒虚汗。也就是从那件事后，我发现我长大了，有了羞耻之心，懂得克制欲望，遵循礼仪。

只是我有些奇怪，我怎么会如此在意此事呢？仿佛有种猛回头的感觉。事实上在童年，这种小偷小摸我们简直就习以为常了。整个瑶村没有哪家瓜地无我们的足迹，没有哪家果园无我们的踪影。也常常被人抓住，臭骂一顿，敛着脑袋领受着，等放了又去偷。那时也并不是没有接受规则和道德的教育，而是我们做这些事的时候，根本没管它道德和制度是个什么东西。

然而这一次我却是如此在乎，这究竟是为什么呢？现在想来，我最怕的或许还是看到虹知道此事后那双失望的眼睛。也许我们的廉耻之心，也是从对异性的最初关注而开始的？谁知道呢？

真的是谢天谢地呢，在我懂得廉耻之心后，宽厚的上苍包庇了我所做的第一件错事。如果那事被揭发了，从此我的命运之旅该不知会如何改写呢？最大的两种可能是，一是我会自杀；二是我会自暴自弃，从此默认自己是个可耻的人。青春期的小人儿，脆弱如花，是经不起一场稍大的风雨的。

那时的爱

我说过,初三时我不可救药地爱上了一个女生。

我仍然记得午后的那束阳光,从西窗探头进来,照在她的脸颊上,照在她的双腿上。我记得那年夏天,她穿一双雪白的凉鞋;我记得她小腿上的肌肤比雪还白还细腻,阳光斜下来把她小腿的绒毛染成嫩黄。她穿着一条淡红色的牛仔短裤,裤脚齐着膝盖,裤边都是些须须。

我记得阳光把她的腮帮晒得红扑扑的,她额边被汗水浸透的发丝很动人。阳光下她的目光像含着水雾一般。她拿一块小手绢在脸前不停地掀着风,嘴里半嗔半骂:这鬼太阳,怎么越来越热……

我记得她本来可以不坐我的后面,不坐在阳光下。她的位子在教室东边,是晒不着午后的阳光的。但我后面的女生怕晒,就常央她易位而坐。她俩关系虽好,可她多半会笑吟吟拒绝。那女生就撒娇耍赖,可她还是笑吟吟拒绝。她说她也怕晒。然后我就忍不住扭头看她一眼。那时的男生女生一般不敢说话,所以目光的语言功能就很强……她读出了我目光的含义,就对那女生嗔道:好啦!你这赖皮,我坐过去就是了。

那女生噘起的嘴蕾就开成了花的模样。

我记得那些个下午,黑板前老师的叽叽喳喳好像与我隔着一道宽广的水域,那声音仿佛渺不可及。我眼睛看着前方,耳朵却在倾听身后的她每一点细微的声响,譬如私语,叹息,轻笑,甚至她笔画纸的声音,手绢掀动的声音都会传入我的心中,并在心中有轻轻颤颤的回应。我记得几次老师把我叫上黑板,我无法把最简单的题解答,那些奚落的笑声就在午后教室的各个角落绽开……

我记得有一次不小心把她课桌上的书碰落地下,弯腰给她捡时,慌乱中却碰了她的脚踝。我记得当时那种触电般的感觉让我有说不出的晕眩。后来,我就常转身看她比雪还白还细腻的双脚,那些短短寸寸的趾头,那些如贝般的脚指甲……就这样一直印在了我心头。我记得我一直想有第二次的接触,我僵了似的手臂软软地垂着,却一直与她的双脚隔着绝对的距离,我无法再缩短一寸。我再没机会将她的书或是笔碰落了,而我自己的东西再怎么不小心,也不可能掉落自己的身后……那些个午后,一丛丛忧伤之火,就这样在我心里暗焚。

我记得经历过那些个如幻如电的下午后,我的科目成绩像沙滩退潮一样在一次次下跌。很多次我已经偃旗息鼓,准备写封信告诉她,我准备带她回家耕田。可我恨自己还只有十六,为什么不是十八岁或者二十岁啊。我记得她悄悄借给我的席慕容的书中有一句:无缘的我们,不是相见太早,就是相见太迟……这种晕眩的感觉对我来说,真的是太早了,我无法把握……

然后呢,然后是有一天我发现她与别的男生也有了目光亲切的对接。然后我发现别的男生在日记里也怀揣着一颗狂乱的心。我痛苦不堪,就一个人偷偷跑到校外的荒园子里,对着一园子碧草发呆。猛然就提起脚来,在土墙上一顿乱踢,痛得龇牙咧嘴。脱了鞋,里面是血淋淋的一片。尽管土墙没有牙齿,可有些东西咬人是不用牙齿的。

慢慢地，我期待的目光再也迎接不到她的目光了。即使偶尔一碰，她也倏地移开。如果目光可以变作细丝的话，那我质疑的目光早就将她缚成了蚕茧，但不是，她漫不经心就把我缠在她身上的目光抖落了。我不知这一切究竟是为什么，也无法去问她。目光无痕，意味着我们并没有开始啊。我只能暗自揣度，把自己成绩的一落千丈当作她不再理我的主要原因，因为另一个男孩恰恰是在那时成绩冒尖的。

我压抑内心空空荡荡的思绪，拼命读书，我心痛的时候就跑到那个荒园里去踢墙，我把脚踢出血了，再返回来读书。我在冰与火中煎熬。毕业临近，我终是没能再进入班上成绩的三甲之列。

我记得中考后的有一天，下着微雨，我站在教室里的窗边，看着校外马路上她与班上另三个同学提着行李，雀一样蹦跳着，离学校远去。中考成绩已经出来，她与那三名同学考上了中专，再不用参加普高考试了。我目送她俏丽的身子在微雨中变成一帧依稀的剪影，并将这帧剪影定格成永恒……因为从那以后，我再也没见到她了。同窗三年，我不记得是否曾与她说过话，但自从我爱上她后，我清楚地记得，我与她没有说过一句话。

我记得站在教室窗后目送她离开校园的还有一个男孩，我估计他俩也没有说一句话。按男孩进步的速度，他本应该可以在那天与他们并肩离开校园的，但不知怎么，中考他大失利。

这么多年过去了，有时我还会想起她，我想起她的原因是我不知她是否知晓：她无声的目光曾改变过两个男孩的命运。

钓鱼时光

如果不要考试，初中时光还是蛮好过的。

初夏，花停歇了，叶开始疯长，阳光开始疯长，明媚的日子就来了。卢青的家就住学校边上，晌午，我们不午睡，我们从他家拿着钓竿去钓鱼。童年时我曾钓过鱼，但卢青钓鱼的方法与我一点也不相同，所以至今我心底仍保留那份新奇。

卢青去钓浮头鱼。二指宽的浮头鱼结成群，在池塘的水面上乱窜。卢青钓浮头鱼不要浮标，也不用蚯蚓什么的做诱饵。卢青用的诱饵是饭蝇。饭蝇在池塘边的灌木叶上飞飞停停，我小心翼翼地伸出双手靠近去，猛地双手一合。但不成，饭蝇往往在我两手相触的一刹那，飞走了。我合住的往往是几片叶子。卢青捉饭蝇与我不同，他只用一只手。他张开手，猛地朝沾满饭蝇的树叶上一掠，握成拳头的手里就有好几只了。我按照他的方法去做，开始几次不成，但多练几次，就发现单手捉蝇比双手捉蝇的成功率的确要高得多。然后我就非常佩服卢青，觉得他好了不起的。他若不点破，我可能一辈子也不知道可以这样捉蝇，我在家乡就从没看见哪个人这样捉过蝇。这样捉蝇，蝇握在手心，往往还不会捏死。小心将它腾挪出来，卢青用小鱼钩从蝇的屁股里钩进去，蝇依然不会马上死，卢青再朝着浮头鱼聚集的地方一甩钓竿，作为诱饵的蝇就甩到水面上了。蝇贴着水面掀动着翅膀，水面就有小小的颤动，浮头鱼发现了，就梭过来，一张嘴巴将诱饵吞下了。卢青眼明手快，反挥钓竿，一把小刀似的银鱼就飞离水面了。卢青再把另一只饭蝇倒钩着挥下去，反手挥上来的又是一匹银色的小鱼。呀，我可从没看见钓鱼有这么快的。卢青真有些神乎其技。小鱼儿不咬钩时，卢青手中的钓竿就不停地挥甩。卢青告诉我，浮头鱼喜欢吃水面上的落水飞虫，所以钓饵不能沉入水下，要不停地挥甩钓竿，浮头鱼才会及时发现钓饵。卢青这么说，我内心就羞怍不已，不是卢青告诉我，我还一直是小猫钓鱼的方式呢——把钓竿甩进水里，非得要等鱼儿咬钩了才起钓竿。真是要多笨就有多笨，我怎么就没想到创造条件让鱼儿发现诱饵呀。

卢青钓鱼的时候，我就折了一根柳条撸去叶子替他串鱼，没一会儿，柳条上就又长满了白色的鱼叶。附近的饭蝇被我们赶散了，卢青不能随手捉住饭蝇，钓鱼的速度就减慢了许多。

阳光明媚，空气中还有一些不知名的细花在飞，我呆呆地看着绿色掩映的池塘，我突然发现浮头鱼并不只是吃飞虫，它们也吃静落水面的小小飞花。我惊叫一声对卢青说：我们用花来钓吧！卢青狐疑地看着我，问：行吗？我说：试试吧。卢青试了几次，还真的把浮头鱼给钓上来了。我一脸兴奋，卢青那时也同样地佩服我了。我们用飞花钓了另一串浮头鱼。

鱼儿也许知道上当了，但上当的鱼儿都串在我的柳条上了，而水中不明就里的鱼儿仍在前赴后继地咬着钩。

卢青钓的鱼都拿回家了，我可是从没有享受过，我有的只是钓鱼之乐而已。

但与黎华钓鱼就不一样了,与黎华钓鱼往往我吃得最多。黎华家三面环水,钓鱼极为方便。星期天功课松,黎华就问我:中餐在我家做鱼吃吧?我说:哪儿来的鱼?黎华说:去钓就是了。

我们钓的是鲫鱼。鲫鱼得静钓。先朝水里撒些糠粉,让鲫鱼聚拢来。然后用蚯蚓作钓饵,把浮标撸得老高,让钩子沉到水底。鲫鱼缓缓沿着水底而行,遇到诱饵了,先不急着咬,而是细细腻腻地触,细细腻腻地碰。见没有危险,这才把饵含进嘴里。所以钓这类鱼一定要有耐心,黎华的耐心好,他喜欢钓这类鱼。

我们把两根竿钓摆在柳荫下,然后寻来两张板凳坐下了。天天在一起,两人也没有多余的话要说,就这么静静坐着,一晌午听高柳上的蝉声。来鱼时,黎华把握时机拽上来,也不怎么向我炫耀,捉住了就往身边的水盆里一放,然后朝我笑笑,笑里还有些歉意,好像我钓不到鱼是因为他先把鱼钓走了似的。

那些时候,柳荫外的阳光一丝丝是那么亮,那么明净。而柳荫上的天空又是那么蓝,那么高远,放眼望去,是千重万重的禾叶在阳光下的微风里闪闪亮亮,空气中弥漫着甜甜的草香……

我说过,如果不要考试,那真是神仙似的日子。可这样的日子,在整个求学的过程中,实在是太少了……

老洞踏春

我们唱着歌,排成很长的队伍,在一个黯春季节,朝老洞进发。路是酥酥的那种,踩着软软的有弹性,却没多少沾鞋的泥。尚未春犁的田野里长着青青小草,几场雨后,有亮晶晶的水在田野里铺一层,人从旁边经过,就可以看见自己的小人影和高高的云天在水里移动。队伍中时不时有人伸手折一枝春花,悄悄插在前面同学的头上,惹得后面一串长长的笑声;有人顺手扯一片柳叶,噙在嘴里吹一声清脆的长音,惹得前面一串回头的笑脸。

老洞是故乡最有名的风景区,远远近近的山坡长满了青翠碧绿的茶树,在茶林的深处,还藏着一个神秘的洞穴。那一天,在全校老师的带领下,我们最终目标就是去这个洞穴探奇。但黑漆漆的洞穴其实无奇可探,举着大多的火把进洞后,我们很快就被熏得眼泪直流,四周的岩石模糊不清,稍远处的团团黑暗既在诱惑着我们,又在恐吓着我们。我们三五一群,一个拉着一个的衣襟,生怕会在这岔道繁多的洞中迷路,裔心儿跳得似有小兔子在撞。我们也喊,喊得洞中声音一串一串在岩壁上撞来撞去，那袅袅余声就像撞着了一座古钟。火把很快熄了，我们再不敢往前走了。摸黑早早退出来，我们就围着小庙里的和尚，听他讲有关洞穴的古老传说。那时满山遍野的茶林里，这这那那都盛开着同学们的笑声。

从老洞回来，全校展开游老洞同题作文竞赛，我东翻西翻，参考了众多游记，终于写出了一篇自认为不错的作文，作文马上得到了语文老师的认可，被推荐上去后，真的就获得了全年级第一名。获奖之后，作文被重新誊一遍，贴在墙上展览。这是我第一次在学校获得荣誉，那股高兴劲就别提啦。我一路兴冲冲地跑回家，扑门进去就把这个消息告诉妈。完后我又飞身出去，跑到东坡告诉正在伏头农事的爸。等小妹放学回家，我又急巴巴地迎上前。那天晚上妈妈还特为我煎了一个鸡蛋，颇有嘉奖的意思，小妹在一旁看着我吃，不妒忌，还抿着嘴笑，一副心悦诚服的样子。

那年我读初一。从此记忆中就多了一件温馨的事情。这么多年来，我只要一回忆当时的情景，脸上总会有淡淡的红晕和不由自主的笑意。然后再怎么阴暗的心情也会抹一丝亮色。我想，这与我现在走上以文谋生的道路也可能不无关系。而追根溯源，还是语文老师的推荐之功啊。如果没有他的推荐，留在记忆里的也许就只有游老洞这事了。而这事如果没有一个完美的结果，我又怎么会记得那么认真呢。获奖就像一只密不透风的玻璃瓶，把往事鲜活如初地保存在里面，让我常忆常新。

如果能让这份温馨的记忆一直伴我到死，那该多好。但在命运的云翻雨覆下，事情常常会突然展示出它的另一面来。若干年后，我与我的女友有了亲密接触。她是我初中同学。当我第一次吻她的时候，她嘤咛哭了。她问我还记不记得那次游老洞。我就说：当然记得，回去后的作文竞赛我还获了第一名呢。她幽幽地叹了口气，说：我也记得……就在那个洞里,我被语文老师强行抱住吻了。那是我的初吻。我才十三岁。

然后女友再也说不下去了,她的眼泪一行行无声滑下。而她当年的语文老师就是我的语文老师!就像是从一场繁花簇锦的春梦中醒来,我突然发现自己是立在枝骨嶙峋的寒冬。

我终是没跟那个女友结婚。我也不再回忆那次春游了。即使偶尔想起,心中也是一种抽搐的痛。

英语老师

　　早晨，阳光照进教室，照着一颗颗晃动的脑袋和一张张开合的嘴。我们在晨读，我们在大声晨读。别人读的是英语，我对英语不感兴趣，我在读语文。英语老师从后面走进教室，我没觉察。他冷不防从我手中把书抢了，反手就甩了我一个耳光。同时骂道：你妈拉个巴子！一教室沸扬的声音就这样被他突如其来的耳光给掀哑了，大家愣愣地看着我俩，早晨照进来的阳光这时也有些茫然无措的样子。

　　英语老师扭过头叫道：你们停下来干吗？然后一教室芽一般的声音又怯怯地冒出来，顷刻间又是一片灿烂。英语老师拍了一下手，没事般地走了。

　　他没事一般，我可不行，我在众目睽睽之下，俯下身把语文课本拾起。然后伏在课桌上，一动也不动，我能遏止自己的哭声，但止不住的泪水却从我的指缝里快速渗出来。虽然我知道错了，一三五的早晨该读英语。但我的过错难道就该由这记毫无商量余地的耳光来惩罚吗？想到这里，我的眼泪又流快了。我从没有被人打过耳光，更没有在这样的大庭广众下受辱，我满脸火辣辣的，不是因为疼痛，而是因为羞耻！我感觉我那个叫自尊心的东西，在这个早晨，就像被一把无形的快刀，给拦腰斩断了。

接下来的几天，我一直不声不响低着头进出教室。而在心中，仇恨的水草却疯了般昂扬生长。是的，我要报复，我要杀了他！我一定要杀了这个让我当众丢丑的家伙！我要用最直接的方法报复，我要痛快淋漓地拿刀捅了他！……我低着头，一声不响，就这样在自己的幻想中把内心捣鼓得壮怀激烈。那被拦腰斩断的自尊心在伤口处似乎又长出了细嫩的芽儿来。我最终还是失去了寻刀杀人的耐心，英语老师就这样在懵懵懂懂中逃过一劫。我后来的想法是，我一定要发奋读书，将来超过他，再来羞辱他！

但很快就有一事，让我很快进入了两难境地。那天英语老师闯进教室，对教室里的三个同学说：下午帮我去挖薯吧。你，你，还有你，来，把书收起，我们这就走。

三个同学其中一个就是我，英语老师仿佛早就忘了两个月以前发生的事。但现在他既然点到我了，我不能让他知道我心中的仇恨。我只能敛着头，和另两个同学一起去了他家。我记得一进家门，他就像个妇人样叨叨唠唠地骂着他的妻子：日日死人，怎么不见你死?！这样骂人的话是我第一次听到，所以一下子就记住了，而且刻骨铭心。挖薯时，我时不时就把红薯给挖断了。我应该不是故意这样的。挖薯是一项技术活，也是一项体力活，在家里，这常常是我爸的事。我还太小，力气也小，一锄下去，挖得不深，红薯往往就被拦腰截断了。我看见英语老师不时地皱着眉头，后来他说：宗玉啊，你书也读得不好，事也做得不好，以后就等着进棺材吧。我一脸羞怍，我年纪轻轻，没想到他竟把我与棺材联系上了。心中的恨意一下子又增加了，可手中的活儿并不能停下……

我现在算有些明白他那时为什么脱口就是棺材就是死了。那时他除了当老师，晚上常常替人唱号歌，哪里死了人，来请他。他一般不拒绝，十里八里也要赶去。他的号歌唱得不错。小时他在茶陵住过，一口的茶陵腔，用茶陵腔唱号歌，他的号歌就别具一格。有时在教室上课，他的声音也拉得好长，像唱号歌。有时夜里唱号歌唱得太晚，白天上课，他把作业布置下去，就趴在讲桌上睡着了。

挖薯回来后不久，碰上学校组织学生入团。那时入团是件非常时髦的事，我们班当时只有三个名额，英语老师就把帮他挖过薯的三个同学都推荐上去了。全班同学知道这事后，都议论纷纷。因为如果凭成绩，我们三个没有一个能上。后来，另两个同学就在那次入了团。而我没有。因为我拒绝写入团申请书。我这样做，一是对英语老师的软性对抗。用老甘的话说，就是非暴力不合作吧。嘀。二是在同学们的冷嘲热讽中，实在没什么脸面写入团申请书。

……好在与英语老师总算有分开的一天。初中毕业，我怀揣着仇恨悄悄离开学校。我没有忘记自己的"使命"，我对自己说：有朝一日，我终是要回来的。

可到高中毕业的时候，我就为自己幼稚的想法感到好笑了。我看金庸那些侠骨豪情的武打书，江湖上的似海深仇，都可以一笑泯之。而我与英语老师之间的破事，算得了什么呢？他自己也许根本就没把这事记在心上，几年过后，我这个人就可能从他头脑中淡出了。

大学里有天晚上，我与一个同学在法律楼的天台上闲扯，说到中学的事，他居然也有类似的经历。不同的是，他依然把仇恨带在心上。他说：总有一天，我要跑回去指着他的鼻子骂一顿。我听后，不禁哑然失笑。唉，也许他还没参悟透吧……

不过，回头想想，也许并不完全是少年人的心胸太过狭窄……我们怀揣多深的仇恨上路，说明我们当时受的伤害就有多深。随着时间的淘洗，仇恨也许可以忘记。但伤害之痛在事隔多年想起来，仍可以使心灵颤抖……那时的心灵是多么柔弱啊，可仿佛没有几个大人注意，所以成长的心灵，注定会遍布刀斫之痕。

英语老师后来教不了英语，就调到邻校一个中学敲钟守门。参加工作后有一次回家，我还真的碰上他了。我远远见到他，心里猛地颤了一下，然后想也没想，就逃也似的溜了。

走远了，我突然有种想哭的感觉，英语老师他真的很老了……老得让我有说不出的怜悯。

表哥湘元

外婆的姊妹，我叫姨婆；姨婆的女儿，我叫表姨；表姨的儿子，我叫表哥。有一天母亲一进屋就说：看看，亲戚真是太多了，秀英的儿子同玉崽读一个学校一个年级，我们竟不知道。若早知道，两人认识了，也多个照应啊。

母亲说这话的时候，我十四岁，在读初二。我忙问母亲：谁是秀英？母亲说：就是你姨婆的大女。我兴奋地哦了一声。又问：她儿子叫什么啊。母亲说：没问清，好像叫什么元的……

然后一晚上我就睡不着了，我们班上有两人叫湘元，就不知是不是他们中的一个？第二天醒迟了，气喘吁吁跑到学校，各个教室里已有了老师抑扬顿挫的声音。我偷偷溜到自己的座位上。打开书，稳稳神，再用眼角的余光瞄了瞄左右。班上的两个湘元一个长得憨厚，一个长得俊美。跟我的关系都还可以。如果真是他们中的一个，我更希望是长得俊美的那一个。不为什么，只是我潜意识的感觉而已。我对自己说，一下课，我就去问问他们。

铃声终于响了。我正收拾书，盘算着先问哪一个。那个长得俊美的湘元已兴冲冲地走到我的面前，紧紧地抓住我的胳膊，两眼放光，说：宗玉，你知不知道？我们是亲戚啊，我们是亲戚啊！我外婆就是你姨婆，你外婆就是我姨婆！我看着他两秒钟，然后拿起拳头在他肩上猛擂，我兴奋地叫道：真是你啊？我妈一跟我说，我猜就是你！然后我们就像两个疯子一样又叫又笑，把一教室目光都吸引住了。

同窗两年，一直关系还好，这下知道是亲戚了，就像找到了另一个自己似的，一下子有说不出的亲密。那个年纪，正是重友情、重亲情的年纪，关系铁起来，为对方两肋插刀也在所不惜。我们当天就央求双方同桌，让我俩做了同桌。也央求双方邻床，让我俩做了邻床。一晚上有说不完的话。讲小时候走亲戚，怎么就没遇到对方？又说也许遇到了，只是当时还小，现在变化太大，不认识了。讲到半夜，终于让查夜的老师逮住了，从被窝里拎出来，双双在月光下的天井里罚站。老师转身走后，我们又叽叽喳喳说着。

湘元比我大半岁，却比我高出了半个头。读书他不及我，就老抄我的作业；玩耍我不及他，就一切他说了算。他玩的花样可真多啊，常常让我眼花缭乱，惊心动魄。当然，从此后我也没少跟着他受老师罚。对了，那时好像正流行电视剧《霍元甲》："……万里长城永不倒，千里黄河水滔滔……"而那个年纪又都是精力过剩的毛小子，所以学校打架特风行。我长得瘦小，就老遭别人欺负。但自从我认了表兄湘元后，再没人欺负我了。湘元一是力大，班上扳手腕，他第二；二是为人豪爽，学校那些混混都给他面子；三是……也许在别的同学眼里，他也算个混混。不过他对我实在没有半点不好。我记得有一次，离学校三四里外的一个村庄放电影《神鞭》，下了自习，他硬拉着本来就有些心动的我去看了。回来时，遭到老师的"守株待兔"。老师的手电筒突然像鬼子的探照灯，雪刀似的朝着黑夜一割，我们惊急之下把头一敛，就伏在了田埂上的豆苗下。但老师已看到了前面的黑影，他冷笑着朝我们走来。我正慌得要命，湘元却站了起来。我估计藏不住了，就想跟着他站起，湘元却用手将我的头猛一按，我就没起来。我看着湘元朝着老师的吆喝声走过去。第二天，湘元被老师罚在食堂里的井边打一天的水。我非常愧疚，就趁课间时去看他。他没事一般，在井辘轳边干得正欢，还跟食堂里的工友有说有笑的。我站在井沿看着他，不说话。他几次催我去上课，我一直不动。后来他有点火了，他说：你呀这个卵人，我说过了没事，你去上你的课！然后我才走开。晚上他回来悄悄告诉我说，他跟食堂的工友都熟了，以后可以到食堂搞点教工的菜吃。我听了，先吞咽了一下口水觉得他是因祸得福。

　　从那后，我对他就更是心服口服了，我几乎有些崇拜他。但尽管这样，我们还是闹翻过两回。他这人鲁莽，有一回在教室里吹牛，说他跟父学了巫术，不管吃什么，都没事。旁边的人就要他把一根筷子吃了。他还真吃。把筷子剁成三截，放在一碗清水里，然后围着碗烧一张符纸，嘴里念念有词，念完后，端起碗就往下喝。我这时刚从外面走进教室，一见之下，就抢了他的碗。围观的人起哄说他是只说不练的银样镴枪头。他就跟我急了，硬要把碗夺回。我怕他有事，死死抓住碗沿，一碗水就全倒在地下了。围观人的哄声更大了。他双眼血红，突然朝我吼一声：你是我老子吗？管得这么宽?！我见他来真的了，眼睛一湿，叫一声：噎死你这个鬼！转身跑了。

　　后来我听别人说，他真的把那三截筷子喝下去了，居然没事。可我心口却一直莫名其妙地堵得慌。他来跟我和好，用手一把钩住我的肩膀，笑道：我说过没事嘛，我都是拜过师父的。但我老不放心，觉得他总会出事。几年后，我的感觉真的验证了……

　　还有一回，星期一从家里来上学，他对我说，他妈妈要他星期三带我去他家玩。我问他家里有什么人在家，他说只他爸爸妈妈。我就答应了。那时我们嫌学校菜不好吃，每周从家里带两次菜。好不容易等到星期三，下午下了课，他拉着我的手就匆匆上路了。大概走了一半的路程，到了一个山坡，我突然不放心似的问：真的只有你爸妈在家吗？他说：除了爸妈，就我姐姐和弟弟了，都是我家里人啊。我一听，马上站住了。我说：……我不去你家了。他一愣，说：你这人怎么这样啊？去啰，去啰，我都答应我妈了，我妈在家里等我们。说罢从后面顶着我的肩膀往前推。我一扭身子，甩开他，说：我真的不去了。说完我就往回走。他一看急了，说：为什么啊？你为什么这样啊？冲过来就拉住了我。我不说为什么，我只倾着身子低着头往回走，但他不让。他硬拖着我往他家里走。

就这样，我们在那个山坡上拉锯战似的进进退退。但他力大，我被他搞得筋疲力尽，汗如雨淋，然后就溃不成军了，我突然感到很绝望，不知怎么就放声大哭起来。他显然被我的哭声吓了一跳，手一松，我就捂着脸跑走了。跑了好远，我回过头，见他还怔怔地站在山坡上。我觉得非常羞愧，都这么大的人了，我怎么说哭就哭了？他一定不会再理我了。可我怎么能说出不去他家的原因呢。我怕他姐姐啊。我听我外婆说，他姐姐比他大差不多两岁，长得非常美。而那时我已经特怕与女孩狭路相逢了，更莫说是美丽的女孩。我这点出息，现在想起来都觉好笑。只是在当时，我真的好怕的。那时我大概已经知道羡慕女孩了，而我又是个特自卑的人。我不知道别人理不理解这心理，有没有同我一样的想法？

湘元第二天返校，没事一样把一瓶菜塞给我，说：你这个卵人，害得我妈炒了好多菜。唔，这是她要我带给你的。我脸呈酡红，忸怩不安地收下了他的菜……多年以后，我回忆这个细节，仍觉得脸有些发热。我不知我俩怎么会好成这样。看李银河的《同性恋亚文化》，我就怀疑，也许我们有轻微同性恋倾向。我记得那时他如果对哪个男生好，我会挺在乎的。而事实上那时我也喜欢女生，要不然我也不会怕女孩怕成这样啊。我又怀疑我有双性恋倾向。后来看了一本基因遗传的书，我才知道我们身上有六十四分之一的基因相同。我们的亲近完全出于潜意识的本能啊，特别是在我们还没有自己的后代时。

后来就毕业了。我上了高中。他没上。我们就这样分开了。

然后每年过年时都会见一面。在我外婆家，或在他外婆家。由于见面时，同龄的亲戚特别多，所以也就没在学校时感觉好了。

再后来，我们都长大成人了，他到宝山铜矿打工，而我准备拼死一搏，跃出农门。这期间，岁月的流水初次呈现旋涡，他姐姐到了论嫁的年纪，好像爱的是一个人，而由父母做主，嫁的却是另一个人。其中的缘由，我母亲断断续续给我讲过，但我现在已经记不清了。我只记得为这事，他那个美丽的姐姐哭过，闹过，还离家出走过。当时得知这些事我心里特别难受。他姐姐我远远见过一次，在我外婆家。真的很美。

我高考那年夏天，噩耗传来了，湘元死了。湘元在一家私人承包的铜矿打工。为了探测一个废井的深度，包工头说：这么深，谁敢下去看看？湘元就说自己敢。说罢真的下去了，但一下去就再没上来了。里面废气太多，缺氧，等发现情况不妙时，他已无力往上爬了。他在井底干号着，像只困兽。井外的人面面相觑，不知下面发生什么事了，都不敢下去救他，湘元就这样窒息身亡。

湘元的死对千里之外的我震动很大，我不知道生命竟会如此的脆弱？！这是我第一次领略死亡的残酷。接连几天，我都噩梦连连，梦中，我把初中与他经历的事情半真半幻地演绎，我梦见他血淋淋对我笑着，而我却哭得一塌糊涂。每每这时，我就吓醒了。后来我写了平生第一篇非命题作文，是对死亡最初的思考。我一边写，一边泪流满面。我说，生命既然这样不可把握，我们为什么还要来世一遭啊？

湘元死后,他母亲就像霜降后的秋叶,迅速枯老。而他父亲则变成了个酒鬼。一个家族的旺衰,或许真的有命运安排,没隔几年,湘元的姐夫也自杀了。湘元的姐姐生了一个女儿,湘元的姐夫想要个男孩,就让他姐姐很快又怀了孕。这大概违反了计划生育政策,管计生的干部带着人马去他家捉人,他姐夫就让他姐姐连夜逃走了。来人便抄了他的家,把家里的一切砸得稀烂。他姐夫想不通,就寻条绳上吊死了。他姐姐后来好像是生了个男孩。但一个家没了男人,孤儿寡母的,日子还怎么过得旺呢?

湘元的弟弟小元本来也长得英俊秀朗,可惜后来被打稻机碾断了三根手指头,算是半个残废了。这些年来,一直没有他的消息。也不知他现在好不好?如果按人事的规律,他早该结婚生子了。少年时我见过他一次。相貌堂堂,却整日把那只残手笼在袖筒里,挺自卑的一个人。其实不就是没了三根手指吗,这算什么呢。可年少时我们对自己身体的某些缺陷就是特别在乎。好希望现在他不再像少年时那么委琐,那他父母多少有些依靠罢。

第五辑：死亡追问

一个夏天的死亡

1992年那个夏天,瑶村一直持续高温,阳光浓郁而悲悯。整个夏天,村庄的生灵都一副病恹恹的样子,或漫不经心地生长,或没精打采地过日子。

那个夏天,我又一次参加了高考。考完后的感觉糟糕极了,与玩得好的同窗相比,估分要低三四十分。这就是说,若他们能考上重点本科,我只能上中专。若他们只能上中专,我就铁定得再次名落孙山。在县城车站,没赶上回乡的班车,只好和别的几个同学挑着行李徒步回家。半途歇息时,我一把火将所有课本全烧在那个无名的山坡上了。同学们笑我是胸有成竹。我内心凄苦,无言以对。如果按估分的情况来看,这一年我八成又与大学无缘。而我,再不想复读了。我想什么呢,我想死。千奇百怪的死法已在我脑中层层叠起,一朵朵怪诞的笑容已开始在我脸上开开败败……

但那年我上了大学,死亡终是与我擦肩而过……

可不是所有的人都有我这么幸运。那个夏天,我亲眼看到了死亡一次又一次与瑶村脆弱的生命相拥抱。开始死的是莲香。

　　莲香死后没十天，瑶村白屋组宗雄家一下子又死了两个人。开始宗雄也在南方打工。宗雄的女人禾花一个人在田里地里，起早贪黑地忙着。禾花有时把三岁的儿子长福带在身边，让他在田埂上捉捉蚱蜢什么的。有时就让他跟着村里其他稍大一点的孩子。可突然有一天，长福掉进村前的荷叶塘淹死了。长福的尸体是第二天才打捞上来的。禾花中午回来吃饭，找了一阵长福，没找到，就以为他跟别的孩子出去玩了，也就没在意。吃了饭，禾花又下地去了。等到晚上回来，还不见长福，禾花就急起来了，满村子去问。可没有小孩说见过长福。村里的人见丢了人，也跟着禾花急起来，于是村前村后到处去找去喊。大家以为长福是在某个草丛中独自睡着了，瑶村的孩子经常出现这样的事情。可喊了一晚上，都不见长福的踪影。直到第二天，大家才在荷叶塘发现长福。荷叶塘的水是半透明的，长福小小的尸体就躺在离岸不远的水底，仔细看，一下子就能看清，可先天瑶村的人从岸上走来走去，居然没有一个人发现。

　　一个电报发到南方，宗雄星夜赶回，抱着已经发臭的长福哭一声"我的儿啊！"就晕了过去。等他醒来后，把家里所有的东西砸了个稀巴烂，还拽着禾花的头发拳打脚踢，一边哭着骂禾花，说自己在广州拼死拼活地做，不就是为了儿子长福？！又说临走时自己就再三叮嘱过禾花，要看好长福，其他的事能做就做，不能做就算了。可现在呢？现在呢？！

　　禾花咬着牙，一言不发，任由宗雄拽着头发在地上拖来拖去。后来是村里的人看不过去了，才把宗雄拉开，说这事怪不得禾花，谁愿意看着庄稼都到嘴边了，还让它烂在地里呢？

　　宗雄就坐在地上号啕大哭起来，一拳一拳擂着自己的胸口，骂自己财迷心窍。他本来早想回来搞双抢，可一想到回来搞双抢，扣除来去的车费，不划算，就没有回来了。如果早回来，就不会出这事。村里人又劝他，说这事也不怪他。

下午，村人在东坡挖了个小坑，掩埋了长福，就散开忙各自的农活去了。谁知到了半夜，宗雄又凄惨惨地喊起来，大家跑到他家一看，却见禾花死了。禾花就坐在宗雄隔壁的房间喝农药，宗雄居然没发现。等宗雄发现了，禾花已死去多时。禾花靠着墙壁，双手把土墙都抠出坑来了，可就是没喊一声。

草草埋了禾花，宗雄又去了南方。宗雄家的稻谷被禾花收了一半，另一半就全烂在田里了。据说宗雄至今都没回来过。宗雄家的田地就这么一年一年，任它荒芜。

禾花死后一周，双抢都快结束了，瑶村枫冲组的白毛老人又死了。白毛老人那年六十六，过了花甲的人，要说死也死得过了，只是那天她完全可以不死。白毛老人从十六岁开始生崽，一共生了十个。死了四个，长大成人的有六个。白毛老人三十五岁的时候头发就全白了，从那时起，村里的人就叫她白毛老人。大概是生育过多，原先直溜溜的身材，没到四十岁，就像把折尺了。身体单薄得就像秋风里的一根枯草。偏偏还特别好强，田里地里，水里泥里，没日没夜地撑着身子硬干，瑶村就数她最勤快。从四十岁开始，几乎每年夏天，白毛老人都要在正午的烈日下晕倒几次，大家都以为她没几年活的了，没想到她却活到了六十六。开始她发晕，弄得一村人都跟着她急，把她从地里急忙忙抬到阴凉处，又是刮痧灌水，又是擦汗扇风。

但她发晕的次数也实在太多了，到后来，连她的六个儿子都习以为常了。有时大家忙起来了，就由着她倒在地里，没人管。也真怪，白毛老人就像一棵被雨淋趴了的庄稼。雨淋趴了的庄稼，太阳一出，就又欣欣向荣起来。被晒晕的白毛老人，一到黄昏降夜露了，也会悠悠醒来。然后撑起身子，乘着月色回家。见着儿孙了，还挺不好意思呢。

要说她六个儿子还是算孝顺。但其中五个去了南方,就算想孝顺,也是鞭长莫及。那年夏天,只有小六子一人在家。当天有人告诉小六子,说他母亲又晕倒在地里了。小六子刚从田里回来,一身疲惫,那时正在树荫下乘凉,随口就说:由她去死吧,这么大的日头,要她别出去,她偏不听!

结果白毛老人这回还真没挺过去,到黄昏降夜露了,她都没醒过来。小六子去地里找她,发现她全身都沾满了黑蚂蚁。小六子吓得六神无主,连人带蚂蚁抱回家,但白毛老人再没醒过来了。

她的五个儿子闻讯从南方赶回。大家知道白毛老人执拗的性格,都没有责怪小六子。他们每人凑了一份钱,为白毛老人举行了一个盛大的葬礼。据老人们说,这样的葬礼在瑶村,至少五十年没见了。言语间,颇有钦羡之意。我想也许吧,白毛老人六个儿子,六个媳妇,再加上一大群孙子,送葬的队伍也是我见过最大的一回。

人,这么接二连三地死去,让我越发觉得那个夏天霉气很重。对接下来的高考消息我几乎不抱任何幻想了。夏夜多梦,几乎每个梦中我都梦见自己死了,然后自己为自己哭得一塌糊涂,哭着哭着就醒过来了。醒来后,止不住的泪水还在哗啦啦地流。我不是怕死,我只是觉得就这样死了,对不起生养了我二十年的父母。

但后来我居然不必去死了,因为我考取了大学,而且是重点本科。这在瑶村,也大概是五十年没有的事了。看榜的那天,是小妹帮我去县城的。黄昏时小妹回来了,不等到家,就在村前的山坡上对着正在门口张望的一家人挥手,大声喊道:哥哥考上啦!我听了这话,当时一屁股就软了下来。

我轻松了,踏实了,悬着的一颗心落下来了。可我的同学小安却惨了。小安和我是小学同学,初中同学,高中同学。复读又同学。小安和我读书一直不分上下。那年估分时，小安比我多估了四十分，可结果却恰恰相反。那天小安是自己去县城看榜的，到了晚上他都没回家。他家人到我家打听，我来不及暗示小妹，小妹就把他没考上的消息告诉了他家人。他家人一下子着急了，连夜打着手电筒去县城的路上找他，但没找到。那晚，一种不祥的念头占住了我整个心灵，我以为小安八成是自杀了。可事实上小安并没有自杀。小安当晚就回村了，却没进家门，而是爬到后山的狼哭崖上，不吃不喝，坐了两天。后来是一个砍柴人发现的。小安的家人急忙忙把小安从狼哭崖上背回家。小安一言不发，吃饱喝足后，向自己父母磕了几个响头，当天就跟人去了南方。

这么多年过去了，听说小安在南方混得并不好。瑶村人在南方，都是做苦力，无非是挑砖挑沙、砌墙挖屋基。小安的体力比不上别人，圆滑也不及别人。八十年代曾流行一句话：学好数理化，走遍天下都不怕。而小安肚子里的那些数理化，没过几年，就全忘光了。现在的小安比文盲没强多少。做文盲所做的事，却赚不到文盲那么多钱。去年春节回老家，我曾与小安意外相逢过一次，我热情上前招呼，但满脸胡碴的小安表现很冷淡，说一句"回来啦？"没停脚就走了。我看着他离去的背影，惆怅了许久。我想，那年如果我的命运跟小安一样，或许我也不会自杀。那么小安现在的路，就是我要走的路。

……哦，是的了，小安比我大一岁，我儿子都可帮我打酱油了，但他现在都还没婚娶。

回头再说那个夏天吧。那个夏天我的喜讯并没有为瑶村带来什么转变。死亡的烈日仍笼罩着孤独的瑶村。禾苗返青的时候，瑶村蒲塘组的四凤又死了。四凤是一个四十七岁的妇女。四凤四十八岁的老公和二十二岁的儿子都在南方打工。四凤一个人守在家里已有好些年了。四凤曾经生了一个女儿，但长到两岁就死了。四凤后来又收养了一个女儿，但长到六岁也死了。四凤就死心了，说老天爷注定不让这个家有女儿。四凤一个人过日子，没灾没病的，田里地里的活都按时令做得妥妥帖帖。老公儿子隔不了多久就寄一次钱回家。村里人都说四凤的命好。可四凤居然莫名其妙也喝农药死了。

其实四凤在喝农药前有那么一点征兆，但没有引起别人的注意。是在前一天，有个妇人经过四凤家门前时，被四凤强拉进家里喝酒。四凤舀了一大碗上好的米酒出来。妇人喝了，直夸四凤的米酒酿得好。四凤就说：我酿了一大缸呢，你说酿得好，就常来喝吧，反正我家也没人喝。接着四凤就跟妇人聊天，聊着聊着就聊到宗雄家的事上了，四凤说：活着也没多大意思，若是像禾花那样死了，倒也没什么……

妇人就圆瞪双眼对四凤说：好好的，你胡说什么？你家老公和崽伢子不赌不嫖，只晓得攒劲赚钱，赚了的钱又都寄回家了，你还有什么不满意?！四凤望着她，叹了一声气。这时妇人的婆婆在外面喊妇人，妇人嘀咕一声"老不死的"就忙告辞出去了。没想到四凤第二天就喝农药死了。

村里人都说，是禾花的鬼魂迷住了四凤的心智，才让四凤稀里糊涂喝了农药。四凤的老公和儿子回来奔丧。住在原来的房子里，儿子倒不觉得有什么不对。但四凤的老公一晚上一个噩梦，梦见四凤就站在床头，按着他的腿，看着他笑。然后他就怀疑他家的屋基有问题，也许是建在荒坟上了。于是就请一个风水师来看，风水师焚香烧纸，左看右看，末了还真说他家的屋基不好，犯煞。四凤的老公听风水师这么说，就用在南方辛辛苦苦赚的钱又建了一幢房子。

我离村上大学的前一天晚上，父母本想大势操办一下，请十几桌客人，再放两场电影。都已经准备好了，可宗桃家又出事了。宗桃是我小时的同伴，但他小学毕业就去了广州。我读中学的时候，宗桃就可以在广州大把大把地赚钱了。宗桃家离我家很近，宗桃的母亲常来我家夸耀她家的宗桃，惹得我母亲特别眼红，几乎没打算让我再读下去了。可就在那个夏天将结束时，宗桃在广州出事了。宗桃和一伙民工坐在一辆敞篷货车上去工地，车开得很快。宗桃突然莫名其妙就往车下跳。摔得个半死，民工们忙把他往医院里送。在医院里，别人问宗桃为什么跳车，宗桃艰难地说了一句：我看着我们的车子要与前面来的车子相撞了，我就……

话没说完，宗桃就死了。而事实上，前面的车子与他们的车子只是擦肩而过，根本就没有相撞，宗桃他看花眼了。宗桃的哥哥闻讯后，连夜朝广州赶。宗桃的父母就在家里呼天抢地地哭。在这种环境下，我家自然也不好意思办什么喜酒了。宗桃毕竟是我儿时的同伴，我本想留下来看看事情的结果，但已经开学了，我再不去报到，那么费了九牛二虎之力考起的大学又会泡汤。我想，宗桃也许是太紧张，他就像城市上空的一只惊鸟，到死都没有融入南方那座五光十色的城市。

然后，我就这么离开了故乡……

大学毕业后，我分进了大城市长沙，我理所当然成了长沙人，我的后辈理所当然成了土生土长的长沙伢子。那个叫瑶村的地方现在只是我的籍贯，那里的人和事，已与我没有太多关联了……

只是记忆里，总有一些东西挥之不去。去年我写了个小说，叫《近距离相吸》。写的就是我复读时那段艰苦的岁月。我把它贴在网上，一个叫焚岚的网友看了，极为不屑。他在后面留言说：像我这样心理不健康的家伙，他读大学时同寝室就有一个，那时他们互相把对方当作噩梦。我点击他的个人信息，发现他来自大都市上海。我想，这个上海奶油小生，若与我相见了，当然也会视彼此为噩梦。我不知他那时有没有对着他的那个同学趾高气扬过？若有，我是那同学，一定会用一双来自农村的粗手扇他娘的大耳光。但在网上相见，我只能文雅地引用前哲的一句话回复他：未曾哭过长夜的人，不足以语人生！真是的，在那样偏僻的山村，除了拼死考大学，我想不出还有第二条光明的路可走！他凭什么把我们视为噩梦?!

…………

前天，我一边喝着茶，一边读着报，后来我读了报上的一组统计数据，那上面统计了二十个世纪九十年代以来，农村民工非正常死亡的数据和农村妇女非正常死亡的数据。面对那组庞大的数据，我突然泪如雨下……因为我想起了1992年瑶村的那个夏天。放下报纸，我一气呵成了上面这篇文章。唉，就让它作为那个夏天瑶村所有亡灵的祭文吧。

活多久才能接受死

那口棺材就躺在黑屋子里的一个角落,被猩红的油漆涂镀得熠熠发光。那口猩红的棺材已陪伴七十岁的爷爷二十年了。爷爷五十岁时,用后辈送给他的寿金打造了这口棺材,那时爷爷的身体还非常精壮,他自己跑到邻边的村子选购了几副上好的柏木板,然后噙着旱烟杆,守着木匠将这活做完。

做好的棺材就放在爷爷的卧房,每年爷爷生日那天他都要叫来漆匠将棺材漆一遍。棺材就这样被漆得熠熠生光。在很多平常的夜晚,爷爷睡不着觉,就坐在床沿吸着烟,与屋角沉默的棺材对视。烟火一闪一闪,棺材隐隐显显,更添了几分神秘。起初爷爷看棺材的眼神有一点点落寞,一点点无奈,另含一点点敬畏。做好了棺材的爷爷常常不等天亮就出去劳作,要么到东坡锄豆,要么到西洼施肥。做好了棺材的爷爷像是一刻也闲不住。父亲有时想要阻止,但阻不住。说多了,反让爷爷叫住数落一顿:我能放手吗?你也是做爹的人了,可事事我不操心行吗?……说到后来,爷爷的话就总有点交代后事的味道。爷爷就叹一口气，把那杆老烟筒摸过来塞住自己的嘴。这时，爷爷含着烟筒的脸颊就有一些些伤感的意味。

爷爷五十岁时，我已有七八岁了，同我一样大小的，村里还有一大茬。谜一样村庄谜一样的世事，孕育出了我们谜一样的心灵。于是捉迷藏便成了童年最好的游戏。寻觅，发现，然后将谜底揭开，这也是人生历程的总概括。可童年时我们不懂掩藏自己，左躲右藏，后来总要被对方发现。也不知是哪来的灵感，最后我们几个就合力移开棺材盖，然后跳进去，藏身其中。这真是个舒服的处所，比人世间任何一个藏身的角落都要好，里面既洁净，又干爽，清新的柏香扑鼻而来，好闻得不得了。关键是对方无论怎么寻也寻不着。正在我们得意忘形，集体从棺材里倏地站起来时，却被爷爷发现了，爷爷似乎吓得脔心都跳到口腔了，爷爷怪叫一声，像一只巨大的鹏鸟扑过来，一口气将我们小鸡般掼摔出去，然后声色俱厉地骂道：你们这班小畜生，知道这是什么吗？这是放死人的地方！懂不懂？！能随便进来吗？

我们被爷爷的神情吓坏了，我从没看见爷爷发那么大的脾气。从那之后，棺材在我们的眼里陡然变得恐怖起来，我们再不敢靠近棺材半步。等到少年时，我已懂得死亡的真正含义了，我甚至不敢独自到爷爷的卧房去。

棺材就这么一年一年地漆着，爷爷就这么一年一年地老着。但硬朗的爷爷无论怎么老，都似乎离死亡还很遥远。爷爷看棺材的眼神就慢慢平静了，慢慢融洽了。爷爷开始一副乐天安命的神态。该干的事还干些，不该干的事就不再勉强自己了。尘世之事了犹未了，就由它去吧！

终于有一天，爷爷突然咯血不止，我与父亲十里百里地求医，四方名医来来去去，费了好大工夫才把爷爷的血止住。但爷爷已像一具抽空了的蝉蜕再没有往日的精神了。据大多数医生诊断，爷爷得了食道癌。爷爷以后的病症是吃什么吐什么，水米难得有半点抵达爷爷的肠胃。爷爷起初感到非常非常的饿，爷爷几次饿得昏死过去。但后来爷爷就习惯了不吃东西的日子，爷爷靠消耗自身残余的脂肪和肌肉维生，爷爷的脸颊和身体在迅速消瘦成骨骼的模样。有一天，爷爷拉着我的手贴向他的肚皮，我发现我的手能感觉到他的历历肋骨，一时间我泪流满面，我知道爷爷离我们而去的日子已近在眼前。看着眼泪顺着我拉碴的胡须掉下来，爷爷却笑了，爷爷的笑已如一截吹奏不出音符的响器，断断续续的。爷爷用手摸了摸我的肩膀，说：人不都有这么一回吗？你小子比你爸爸强多了，我还有什么不放心的呢？

爷爷要死没死，镂空了的身躯如一位得道的高僧，精神愈来愈矍铄，愈来愈空明。我们无法揣测爷爷的死期，而农事却非常繁忙，地里该收的要收，该播的要播，我们没空整日陪着他。我只好让自己六岁的儿子陪在爷爷身边，帮爷爷端茶倒水，说说俗事之外的闲话。据书上说，人在六岁之前是处在半神半兽之间，而上了七十岁后，则处在半神半仙之间。六岁的儿子和七十多岁的爷爷肯定有着很多我们俗人无法理喻的话题，他俩在一起，一定不会闷着。

有天黄昏，檐蝠乱静空的时候，我扛着锄头悄悄归来。靠在门外，我看见儿子正踮起足站在一把椅子上，拿一块湿布费劲地擦着已经闪亮的棺材。

老爷爷，你干吗让我擦这个家伙呀？

这是老爷爷的家。

我们现在住的房子不是家吗？

那是我们暂住的旅馆。

老爷爷，你不在旅馆住了吗？

是的。我不住了，我要回家了。

那我也跟着你回家。

老爷爷是想带你回家，但你得陪你爸爸和你爷爷。

听到这里，我眉心陡然一颤，忙冲进屋，把儿子从棺材旁抱开。我想爷爷是老糊涂了，这样不吉利的话也说得出口？

爷爷看着我慌乱的举动，也不言语，只这么咧嘴一笑，然后长长伸一口虚气。我转过身，怔怔地望着全身骨骼已显山露水的爷爷，这时的爷爷四周都笼罩在某种说不出的神秘中。他豁达的神情似乎蕴含着一种超然物外的智慧。我想也许爷爷才真正明白世上的这一切，他懂得什么该说，什么不该说。一时间又有泪花自我的眼角溢出，我抬手擦泪花的时候，爷爷再次笑了，爷爷虚幻的笑容再怎么看也不像这世上的了。

终于，爷爷静静地躺进了自己准备了很久的棺材。为了他的葬礼，父亲花了大半生积蓄。爷爷的葬礼操办得像一场浩大的盛宴。

葬完爷爷，五十岁的父亲开始四处打听，哪儿有上好的檀木出售。父亲说他闻不惯柏木的那股香气。

等到有一天，我突然看见自己儿子对父亲放在卧室里的那口檀木棺材惧怕得不得了的样子，我就粲然笑了。

那时门外百草丰茂，阳光如禅。

谁是最后记得我的那个人

经历无数次对死亡的恐慌后,我慢慢变豁达了:是的,既然谁也无法逃过这一关,我还去想什么生死呢?我现在只想知道,我死后的事情会如何?

我在想,当我呼吸停止、心脏不再跳动时,只是我的肉体从这个世上刚刚离开,而有关我的诸多记忆一定还会在人世停留一段时间……譬如说,一个过去的老朋友,突然想起以前与我开过的一个玩笑,心头一乐,就豁着牙虚虚地笑了……又譬如说,死在我身后的妻子,有天深夜万籁俱寂的时候,混沌的思绪里突然呈现我们年轻时做爱的情景,然后她默默地枕着枕头,淌了一夜的泪……

我是一个无名之辈,我的死亡绝不会像国际要人那样,通过电视报刊一下子传遍全球。我的死一定只有周围熟悉的几个人知道。我死时,妻子也一定非常非常老了,那时她已眼昏耳聩,生与死对她已没有多少感觉,她甚至懒得把我的死讯传给我老家的亲人,传给我以前的朋友和同事,传给个别喜欢我文章的人……

我当然赞同她这种做法，何必呢，死即死尔，悄悄地来，悄悄地去，这才是做人的本分啊！何况这样做，也许在一部分熟人的心中我还能活上一段时间呢。譬如有一天，一个熟人与另一个熟人碰上了，说：嘀，那个老谢啊，这么多年不见了，还怪想他的呢。另一个熟人就说：哦？你说他呀，他已死了十多年了呢。然后那个人就怔在那里，唏嘘感慨半天，叹时间无情，人事易老。而这时，在他心中多活了这么多年的我才会以另一种形式重新死去。死亡就变得不再是瞬间的事情了，而像一场拉锯战，要拖十几年似的。

事实上，爱我的人，我死与不死都会在他们心中占驻重要的位子，我的音容笑貌、喜怒哀乐非得要等到他们自己死后，才会从他们心里彻底根除。这样的人，我目前只知道一个，那就是我的妻子。一日夫妻百日恩，何况我们这么多年的情分？就算在我死后，她还另嫁他人，我也有足够的理由相信：不到她死，她是不会忘记我的！本来我还知道两个人，那就是我的父母。只要他们不死，他们的心头也不会放下我的。我毕竟是他们唯一的儿子啊，我毕竟是他们活着的希望和荣耀的唯一所系啊，如果我死在他们之先，白发人送黑发人，心中的痛苦一定会铸酿一块巨型墓碑，沉沉地压在他们余生的荒芜之中……但我大概会死在他们之后吧？我也愿意死在他们之后，那样，就只有我心中装他们的份了……

我儿子现在还小，目前我的一颗心全悬系在他身上，但小儿懵懂，看不出对我有很深的感情。社会变化太快，谁知道他将来会长成个什么样子呢，我不能肯定在我死后，他能记一辈子。现在好多不肖子孙，在他们父辈好好的还健在时，就已经忘得差不多了，谁还能指望儿孙记自己一辈子呢。

那么，谁是这个世上，最后记得我的那个人呢？如果妻子可以长生不老，我知道那当然会是妻子。在妻子死后，这个世上还有谁会记住我呢……

　　会是故乡的人吗？——我想不会。前年我回老家，很多乡亲在我还活着的时候，就已经忘记了我。我笑吟吟地老远向他们打着招呼，他们却手搭凉棚，一脸狐疑地瞧我，还讪讪说：你看我这记性，怎么就老记不住人呢？呵呵，你说说看，你是哪家的客人呢？我就俯下身来，对着已老得没名堂的他们大声说：我不是客人，我是黑皮的儿子啊！他们听了，还是一脸狐疑：哦？黑皮？黑皮家有你这么大的崽吗？那时，我只能摇摇头，悲凉而无可奈何地笑。我已经好多年不回家了，家里老一辈的人已把我忘得差不多了……而村庄里那些如雨后春笋般冒出的后代呢，压根儿连正眼瞧我一下的心思都没有。他们玩着我们当年玩过的游戏，大呼小叫，在村前村后，一阵风来，一阵风去。这样的后辈小儿，我能指望他们将我长久地记住吗？事实上，就算是童年时的伙伴，事隔多年，回忆起往事来，也是鸡头不对鸭嘴了……这说明什么呢？这说明在我活着时，他们就已经一段一段地，把我从他们的记忆中删除了，也许在泥土掩埋我之前，他们的记忆之土就已将我全部埋葬了……

　　那么，是我的同事吗？——我估计也不会。在这个冷漠的城市，我没有玩得特别好的同事，同事之间争权、争钱、争势，斗得太厉害了，你不想与某人结盟，你自然会走向他的对立面。而我，对这一切都太没兴趣了，我不要盟友，也不要敌人，我只想长时间待在家里，看点什么，或写点什么。现在我要想让他们记住我，除非我开一个黑色幽默，就是趁现在他们觉得我还有偿还能力的时候，狠狠向某人借一笔钱，然后一直拖到我死。人死账不能赖，他一定会找我儿子偿还。但如果我儿子同我一样耍赖，那这人恐怕到死也会记住我的。是的，有时因爱，我们会记住一个人，有时因恨或者其他什么感情，我们也会记住一个人。一个人首先是从我们的感情世界消失，然后才会很快从我们的记忆中消失。就像读新闻人物一样，随看随忘。

　　那么，会是其他什么人吗？我不知道。我估计我的容貌要比我的名字消失得更快些，最后记住我容貌的人应该会是我儿子，不管儿子孝与不孝，与他生活了几十年，是恨是爱，我的容貌在他心底恐怕是抹不掉的。最不济在某个早晨醒来，他偶尔也会对媳妇含混地说一声：昨晚我又梦见那个糟老头了……唉，想想生前他在的时候，我们对他也太狠了点……今年的纸钱还是给他烧足吧……

　　如果我年寿长一点，能够与孙子共处十几年，那么最后记住我容貌的人也许就会是我孙子了……但我不愿孙子记住我，他记住我的那段，一定是我的垂暮之年，那时我已容颜枯槁形同朽木，他记不记住，又有什么分别呢？我希望别人要记就记住我年轻时，那个风度翩翩的佳公子模样。

　　我的容颜在别人的意识里彻底消除后，我可能还会以文字的形式存活一段时间。我现在已经领略文字的魅力之所在了。我上网，看别人的文章，同别人聊天，明明连她的真人都没见过，而我的心湖却漾起了一圈圈无计消弭的涟漪。看来文字的魅力有时比本人的魅力更大百倍千倍。

　　我现在在构思最后记住我的那个人的样子，大概是在一个图书馆的古籍阅览室中，我的文字只剩一本还在那里破破烂烂地储存。某个春日，一个美丽而聪慧的女子前来看书，不经意间把我的存本给掏了出来，随便翻翻，不料竟对了口味，一下子就迷上这个早生她几百年的人了……她读着读着，然后心生幻景，她仿佛看见，少年的她与少年的我，穿越时间隧道，携手说说笑笑，指点陌上繁花……

　　这时突然窜进一股较强的东风，稀里哗啦地把书迅速翻烂，并一页页架着，从西边的窗口逃也似的跑了。

　　女子猛地从幻想中惊醒，拔腿追至窗口，但窗外只见杨花曼舞，我的那些碎纸却再无踪迹可寻了。女子心头一急,一口血雨喷出,桃花似的洒了一地。然后她慢慢往窗台一靠,死了。

从那后,我这人,就再没谁记得了。

剩下的日子我还能做些啥

儿子终于被生下来了。对整个家庭而言,这是件大事。以前家里都以我为核心,我升学、分工、结婚,都是家庭的大事,但相对儿子出生,就都不算什么了。这从父母亲脸上的表情也可以看出,自确认儿子下面那个把把后,父母的嘴巴就一直没有合拢过。他们把脸上的皱纹笑成一朵开放的菊花,没有人奉承时,菊花还稍有收敛之势,一有人夸他们好福气,菊花就简直怒放了。

我家单传已久,我能够一枪中的,做下这么个不缺胳膊、不少腿的带把儿子,实在是太不容易了。我自己都惊叹自己的枪法之准。在这个世上,我真正的活儿算是干完了。有人把我这条生命带到这个世上,现在我还了一条生命放在这个世上,这就够本了。儿子一出生,那根生命的接力棒算是由他接下了,我已经从种族的生物链上彻底解脱出来了,作为个体生命,我已经可有可无了。剩下的时间,我想怎么折腾自己都不管人家球事。想想这些,我真轻松得想散架。

剩下的日子,我该干些啥呢?本来我精力还算充沛,再做几个儿子应该不成问题,但现在国家在计划生育,我可不想触犯法律。何况妻子这亩田里已种出了一个儿子,再在上面种,无非还是种出些类似的品种,就像一块玉米地,不可能种出麦子来。但人家的麦地又不可能让我种,所以我只能悠着点了。

三十岁以前以为一生中有很多很多重要的事要做,三十岁以后回头再看,却发现这世上其实是没有什么事情重要。那些所谓的成功、成名、成家,有权、有势、有钱,都算什么东西呢?实在不值得我花一生的时间去追求,而后突然抛却。那日我游韶山,站在巍巍韶峰之上,别人的感受怎么样我不知道,但我自己绝对没有"峰登绝顶我为峰"的豪念。游完韶峰,我当晚写道:……而今伫立此峰,我只想成为一只盘峰而翔的独鸟,成为峰上万千木叶中的一枚,成为峰底一畦蔬菜的主人,或者就这么从峰顶纵身跳下,让生命最后的弧线偶然在此休住。独阳之下,孤庙之中,绝顶之上,我只觉得自己比一粒草芥还渺小。我不想给苍生万物哪怕是最细微的改变,所以我选择了沉寂。

站在伟人立足过的地方,发如此虚叹,古往今来,我也算个特例吧。既然世上没有什么大事可干,那么小事呢?我就做些小事吧?

最首要的小事是儿子还幼,我得抚养他成人,给他父爱。初想这似乎是义不容辞,细想这也可有可无。我就不信,少了我,儿子就不能长大成人。我想妻子的那份薪水,就足够将他喂大,再加我的薪水,也许就有些营养过剩了。现在城里很多小孩,就因家里钱多,溺爱,一个个小小年龄,长得胳膊就比人家的大腿还粗,整个儿简直是人类的异种。才十把岁,就百多斤,真是罪过。我可不想我儿子也长成这样。我儿子有母爱就差不多了,至于父爱嘛,就算了吧,谁知道以我这样阴晴不定的性格,最后是给了他父爱呢,还是父恨?我可不是为了偷懒,很多哲学家都研究过,父子是一对矛盾体。想想也是,他一出生就夺走了我在家庭的中心位置,接下来还不知会把我挤对到什么地方去呢？我不如早早撤退，由他闹去吧。

养儿的小事可以搁下不管，那么其他小事呢，譬如说趁黄昏的时候，坐在高楼，看四周霓虹初起？又譬如说趁放假的时候，回老家一趟，重新坐在东坡，听风声由东向西，或由南向北地走过？或者在故乡村头的那棵古柏下蹲着，看看蚂蚁搬家，一个个是否还像童年时那样横拖竖拽的？或者探究一下，现在地里耕田的小母牛究竟是我当年放养的小花花的第几代了？

可这些难道就有意思吗？这些是文人笔下的意思，事实上，同蜗居城市，每日在青脸白眼之下讨生活一样没意思。而就算真有那么一点意思，但为了这点小意思而卑贱地苟活，也就一点意思都没有了。想想以前那些故作放达的古人，真是可笑啊！说什么独坐幽篁里，弹琴复长啸，深林人不知，明月来相照。嘿嘿，你能饿着肚皮，裸着身子去弹琴长啸吗？等你弹完之后，还得从林间走出，向世俗人情，乞一丝一缕，一粥一饭。既然如此，若真放达，还不如撒手而去呢。

在这个世上我已足足活了三十年，想想，还有什么滋味没尝够呢？如今大事已了，真该是我好好思谋如何去赴死的时候了。我一直认为，死亡是一件奇妙的事情。我想，那些高僧是最能体味到其中的玄妙了。譬如说，择一个秋高的阳光日子，一脸笑意地对天，盘腿而坐，捏花闭目，突然一用劲，就将全身的气散尽了。待小沙弥从后山沟跑来说：师父，师父，山脚下来了一位年轻的女施主呢。师父脸上笑意不除，却再不能回答他了。这是何等动人心弦的死法呀。可惜我不是高僧，没学散气之功，这般死法，是不会的。但世间的死法千千万，也不止这一种才具有审美情趣，我且再选就是。

人来到这个世上，从一开始就是被迫的，然后一生都像有一股无形的力量在牵着鼻子走。只有死，是可以自己做主的。所以那些悟花选择在春天死，绚丽；那些悟叶选择在秋天死，静美。只有那些浑浑噩噩、懵懵懂懂之徒才把死亡交给没有选择的冬天，那时他们已形颜枯槁，面目依稀，历史的风，大批大批将他们扫进昨天的沟壑里，连记一笔都懒得记。我才不要这样。

我且逛逛看看，不要给肉身系上重负，不要给灵魂刻上意义，在这个意识的世界里，做什么都好像是错。生命要么就是不可承受之轻，要么就是不可承受之重。我想，佛若知道做有意识的人竟这般无奈，下辈子佛也会选择做一朵迎风招摇的花，似觉非觉，似悟非悟的样子，多好。

什么时候去死，怎样死，我现在还没想好。但总而言之，我绝不会让自己的死亡也像出生那样，定由天命。不但如此，我还要好好地把自己的死亡操办得像一场盛宴。

我死之后，你也许会来看我，温一壶热酒，撷几朵黄花，在霞光满天的黄昏，在我坟前坐坐。你歌也可，笑也可，但千万不要发那些迂腐之叹，若要，你且去也罢！

麦田中央的坟

南方人喜欢把自己的祖先葬在荒山野岭，垒上石头，让他们与山魂野精为伍。身为南方人，我从没思考，就认为这是理所当然的事。没想到北方人却不，北方人把自己的祖先葬在麦田里，培上厚土，让他们与自己的儿孙后代为伍。

从郑州到洛阳，越过车窗，越过一排排迅速后撤的白杨，看着时不时出现的坟堆隆起在麦田中央，随着塬上的一切草木生动地向后旋转，我一下子就被打动了，并很快接纳了这种安葬方式，我想待自己百年过后，也吩咐儿孙把尸骨安葬在自家土地中央。

把祖先葬在经常耕耘的土地中间，就像葬在身边一样。高高隆起的坟堆，还像祖先依稀的背影。劳作累了，就一锄头横在坟边，坐下来，卷一筒纸烟，再喝几口自酿的米酒，可以沉默，与祖先共同回忆那些逝去的时光，那时自己还很小很小，祖先常把自己举过头顶，乐起来，就将满脸胡楂直往小鸡鸡上扎。光阴荏苒，小鸡鸡已经长大了，小鸡鸡上面也长了胡须，并且生了更小的鸡鸡，那不远处在草丛中卧戏蚱蜢的黑娃就是咱家的后代，在坟中的祖先大可安心。

不想沉默的时候，就与祖先唠唠家常：瞧，狗日的麦苗长得多青多肥，今年又是个丰收年。媳妇儿想南下打工，我没让，都说南边俊妞儿招人惹。哦，父亲也老得走不动了，他要我常替您拔拔草，到时我就让他也葬在您身边。等黑娃长大了，说上媳妇生了崽，我一放锄头，也万事不管来给您做伴……

黄昏回家，一手牵着黑娃，一手提着锄头，嘴里则嚼着一根从坟上拔下的青草。别担心夜里的庄稼，祖先是真正的麦田守望者，会看护好这一切的。猫头鹰是祖先的家犬。在残月的夜里，猫头鹰踞守坟头，凄叫两声，土拨鼠就吓得不敢出来。黑娃是祖先的孩子，庄稼也是祖先的孩子，夜里庄稼的拔节声，同白天黑娃的笑声一样令祖先心旷神怡。

春季引水灌麦，顺便把祖先也浇浇，只要有水，祖先的枯骨就像舍利子一样不会风化。清凉的水从昆虫的小洞里渗进祖先的坟里，滋润祖先的灵魂。祖先的灵魂同孩子同麦苗一样需要甘汁的滋润，水使祖先的灵魂变得鲜活丰沛，丰沛的灵魂浮游在麦田上空，呼风唤雨，引蜂招蝶，使麦苗更好地生长，使麦穗子多粒足。

麦子收割了，地要闲上一阵，祖先若是孤独，就回家去看看，反正村庄离麦田并不遥远，反正自家的窑洞从来就不曾陌生过，反正来回的路已一遍一遍看着儿孙踩熟。回家看看也好，看儿孙们的日子是否过得比以往红火，看自己织的藤筐是否还结实耐用。还有那些家畜呢，也是否同它们的祖先长得一样，就像黑娃，隔了几代，还像绝了自己。

……我们熟睡之时，祖先在房间里这里摸摸，那里瞅瞅，看看一切都好，就心满意足地离去。别担心饿了渴了祖先，揭开锅盖，里面的白馍馍还是温热的呢，而飘香的高粱酒缸依然摆在他生前的位置。

心满意足的祖先觉得做鬼也属多余，就心无牵挂地酣睡过去了。若干年醒来，发现耕作的后代已全是陌生的面孔，好在从相貌上判断，还能知道他们是自己的后代。瞧瞧周围，祖先发现黑娃的坟也在不远处高高隆起，而自己的坟却已完全湮失不见，在尸骨化土的地方，是一大片青青麦苗。祖先感到身骨子有些酸痛，麦苗的根系在强有力地拥抱自己，祖先感觉自己在一丝一丝顺着根系往上走。不久祖先就发现自己变成了一大片麦苗，被后代的后代用结实的手指柔软地侍弄着，祖先突然感到自己像初生的婴儿一样柔弱。夏天，祖先长成麦粒。秋天，麦粒化作了后辈的精气神。

　　突然有一天，祖先发现自己竟以后辈的样子站在麦田里耕耘，一时间祖先什么都明白了，原来世世代代都可轮回，麦苗的生长过程就是我们的轮回之路。而麦田则是我们真正的家。

该轮谁离去了

去年冬天,父亲从村庄来到我居住的城市。星期天没事,我就与父亲面对面坐在电炉前烤火。该聊的话题早两天就聊完了,譬如他的庄稼我的工作。其实我们不聊,彼此心中也是有数的。我与父亲就像一个枝丫上的两片叶子,互相熟透了。多年的父子成兄弟,大概就是这个样子吧。现在我们不说话了,只静静地看着电炉的红丝发呆。

这样坐了半响,后来父亲突然从嘴里木木地丢出一句:……该轮我过背(去世)了,不知还能到你这里走几次?

我心一惊,像灶台上一只昏睡的猫猛地抬起头来。我不知父亲为什么要这样说。

父亲平静地看着我,又说:村上就数我的年纪最大,是该轮我过背了。村上的黑麦半个月前过背了,他比我大三岁,现在村上就数我最大。

你胡思个啥呀?好好的瞎掰些什么?我白了一眼父亲。

父亲宽容地笑笑,说:这是规律。我孙也添了,要去也去得了。我是想提早给你打声招呼……

我心一酸，我明白父亲的意思。父亲是想说应该给他置千屋（棺材）了。也是时候了，父亲混浊的眸子已成泥土的颜色，说明他离泥土已经不远。说不定什么时候，一觉睡下去就再不醒了。趁早把他在那边的屋子备下了，他要睡时就让他从从容容地睡。父亲是对的，这是规律。村庄里的人从来处来，到去处去。谁也不争先，谁也不落后。该谁是谁。

打我出生到有记忆开始，印象中第一个过背的好像是厅屋婆婆。那年我五岁。厅屋婆婆我不记得她名字了，或者她本来就没名字。一个村庄的人开始都从一个大厅屋出进，大厅屋每一扇门里就是一个家。后来大家自己另建新屋就都搬出来了，厅屋就只剩这个婆婆了，大家就叫她厅屋婆婆。厅屋婆婆过背后，下一个就是上头公公。上头公公的房子在山顶，比任何一户人家都要高，所以叫上头公公。或许他有名字，但他太老，而我太小，就没记住。再下一个就是自家婆婆。自家婆婆过背时，我已有十岁了，我知道死的含义，我放声大哭。他们都说我是个孝孙。自家婆婆在世时没享过什么福，走了对她反倒是福。我哭她是因为她太疼我了，她走了这世间我就少了一份最熨帖的爱。然后就是东边婆婆，再然后就是柱子公公……村庄就像一棵大树，时不时就会落下一片叶子来，没有人能预测哪天会落哪片叶子。但等叶子落下来后，大伙扳指掐算，就发现落下来的这片叶子，已是树上最老的一片叶子了。村庄里的老人似乎都没有赖着脸皮图活的心思，到了一定岁数就一个跟着一个，悄悄撇下手头的一切，去了。

当然也有例外，还像那棵大树，突然来一阵风、一阵雨，或者一个虫子，把还没轮到落下的叶子给弄下来了。哑子叔叔就是这些例外中的一个，哑子叔叔不哑，他喉咙粗得很。有年春天他养了一群鸭，天说变就变，急雨骤下。奔雷惊散了他的鸭群，哑子叔叔声嘶力竭地要唤拢他的鸭群，他一个人在雨中闪来闪去。大概让雷生气了，雷一声炸下来，把哑子叔叔烧成了个黑炭团，当然死了。还有个例外是我公公，不过我没见过。我父亲也没见过。公公死时父亲还在婆婆的肚子里。公公与人赌了三天三夜，没吃饭只喝水。公公把自己所有的家产都赌没了。后来要赌婆婆，又输了。公公惨叫一声，喷出一口血雨，然后仆倒在地，睁着眼睛死了。另有个例外是我伯父。伯父是个酒鬼，酒喝得太多了，把身上所有的器官都烧坏了。到处求医，却医不好。最后只能数着日子等死。伯父死时才五十一岁，当时我在场。他还晓得流泪，拉着我的手说：我苦呀！你爸爸是个遗腹子，你婆婆又是个小脚，我只能长兄当父支撑着这个家。我不喝酒我过不下呀！听了这话，我流泪了，在场的所有人都流泪了。伯父又说：我没想到我才五十岁就要死了，我还不想死呢……但他接着没说几句就死了。

伯父是村庄里我知道的第一个不想死时却死了的人，那年我读初中。我也不想死。我去问父母他们的岁数，接着又问了村庄里其他人的岁数。结果我计算出了，如果不出例外，等到再死五十九人的时候，就该轮我了。我算出来后，就发现自己做了一件傻事。现在比死亡更让我惧怕的是，这个已让我计算出来的死亡位数。如果我还在村庄待着，往后的日子就只能是扳着手指、排着队等死了，那我还活个卵乐？！

后来我终于逃离了村庄，浪迹到了城里。

躲在陌生的人群中，就像一片叶子混在了杂木林中，互相谁也不知谁的根底，就再也不要按那个规律操作人生舞台的出入场了。身边有些人很早就死了，也有些人很老才死，都不关我什么事，谁知他们的宗族是属常绿植物还是属落叶乔木呢？常绿植物的叶子自然要在枝头待得久些，而落叶乔木的换叶周期相对就要短些。何况，年纪在城市是个秘密，凭肉眼我也分不清谁大谁小。有些妇人和官员都七老八十了，可他们染了发，涂了粉，看起来就还只有五十出头。而有些下岗工人因为过分忧劳，才四十岁的人就白发苍苍像六七十岁了。谁敢说谁已活够了，再活就是多余？这样最好！我也可像周围的人一样，隐匿着活着。

但毕竟躲得了一时，躲不了一世。故乡还有我的亲人，我还得隔那么些年回去看看。就算我不回去，父母到我这里来，也会把谁谁谁过背了的信息带给我。村庄里的规律仍在把我的去位一个一个地推向前。好在我再不去寻知具体的排位了。

隔一些年回到村庄，发现村庄正在死祖辈的人、生子辈的人；又隔些年回到村庄，发现村庄开始死伯辈的人、生孙辈的人了。而村庄本身这棵大树，不但四季更换着叶子，枝丫也会在岁月里变延。很多过去熟悉的场景渐渐消失，替代的是新的陌生的场景。熟悉的老屋倒了，陌生的新房立了；熟悉的山路荒了，陌生的马路直了；还有，熟悉的面孔隔着岁月不再熟悉，陌生的声音随着时日更加陌生……

现在终于轮到父亲了。我想，还要不了多少年就该轮我了。我说不出心里这种忧伤如水的心情。但再不像以前那么惧怕死亡了。只是我还是舍不得父亲就将离去。父亲若去了，村庄里就再不剩几个我熟悉的人了。

我慢慢地有些想通了：真要轮到我了，我就去也罢。原以为活得越久，对一个地方就会越熟悉。现在知道错了。记忆像一个容器，装满后就再也记不住别的东西了。子辈孙辈的面孔和属于子辈孙辈的事物，我们荒芜的头脑无法容纳，而我们容纳了的面孔和事物，却随着时间的推移渐渐离开了这个人世。我们的记忆之瓶开始装着的本是可饮可喝的清水，到后来竟会变成一瓶毫无用处的黄沙。这时，无限的荒凉和说不出的孤寂就会像黑夜群狼一样伺盯着你。活着，反倒成了另一种恐惧。我现在才明白村庄的老人为什么能够欣然赴死。当熟悉的面孔和事物都跑到地下了，你还在地上活着岂不成白痴了？

是的，我也已心生去意。因为不单是村庄，整个世界在我眼里也已陌生得有些恐惧。

第六辑：村庄生灵

豆　娘

写下豆娘两个字，我的心就温柔一颤。那种小生灵，瘦削的身子，薄薄的羽翼，温和的性情，怎么看，都有弱质女子的影子，所以我常怀疑，豆娘的前身一定是一个个绝色女子，受了冤，又思谋不出报复的法子，今世就化作了豆娘，纤小的身子一副弱不禁风的样子，还含着前世的余冤，让人看了，莫名其妙就生愧疚之情，总觉得有哪个地方对不住它似的。粗粝的心也一下子汤汤水水起来，柔软得不成样子。人也感觉连站的气力都没有了……

我常常怀念在西园与豆娘独对的日子。我在一篇文章里提过西园。西园在西墙的西北角，不很远，也不大，四周园墙长满了荆棘杂藤，从一个小小的栅栏进去，村庄就被绿色的园墙挡在了外面，青青绿绿的一园便成了我独自的王国。

是初夏，是久雨放晴的天气，园子里地气蒸腾，东边媚眼似的桃叶簇簇拥拥挤满了枝头，树下则是一地残红。西边是些初攀的南瓜藤，大大咧咧的南瓜花次第绽放，每一朵都开出十足的金黄。西园的北面靠山，倾斜的红砂崖被青苔覆盖，上面爬满藤藤蔓蔓，开些红红白白的小花。雨后很久的晴日，都有水泡儿从崖缝里往外冒。那些豆娘往往就憩在北面的园墙上。大概是喜它的凉荫，或是湿气吧。

幼时的我常一个人去西园，一待就是半天。很多时候我是在看豆娘。北面的园墙如一道黛青色的幔幛，三五只花白色的豆娘就这样在黛青色的背景下款款地飞，散漫地飞，无声无息地飞。它们翅膀振动的频率极慢，我几乎可以数得清。有时我还真的一下一下地数，我想计算它们从东边飞到西边，需要掀动翅膀多少次。也真怪，它们的飞舞总以那道黛青色的幔幛为界，将飞过头的时候，就又折转身子往回飞。有时我想赶它们出去，但我太小，北面的园墙太高太宽，它们有回旋的余地，我怎么赶，它们就是不飞出。

有时它们飞累了，就停在一片叶子或一朵花上，那身子真是轻得如风，在停落的一刹那，叶子或花都不会颤动一下。而那时我的心却往往会莫名其妙微微一颤。我轻手轻脚地走过去，近距离地打量着它们。它们的样子像蜻蜓，但停下时的两对翅膀却直立背上，蜻蜓则是平放的。另外，它们的细脚有些像花蕊，大概是沾花的时间太多的缘故吧。有时我也动了捉它的念头，就屏住呼吸，把手慢慢伸过去，在接近翅膀的刹那，迅速向前一捏，就把它的翅膀捏在手里了。豆娘也挣扎，却是柔柔弱弱，一会儿没气力了，就安静下来。它的脸太小，我看不见它的表情，然而我能感觉它哀哀怨怨的气息。我轻叹一声，一松手，它就款款飞起来了，也不急着逃走，还是在北面的园墙前飞。我曾玩死过很多烈性小动物，譬如燕子什么的。但却从没玩死过一只豆娘，它们的样子太让人怜爱了，又太温顺了，我实在不忍心让它们在我粗糙的手心待得太久。

也有的豆娘是靛蓝色的，翅膀上还闪着燐燐冷光，这样的豆娘就带着巫气，飞过园墙的时候，那道黛青色的幔幛也突然幽暗了许多。

这种豆娘我是不敢接近的,它们一出现,我的心跳就会明显加快,四周的寂静让我害怕,那时的阳光也非常孤独的样子。好在这种豆娘不会在北面园墙逗留很久,它们是以过客的身份经过,它们像是在寻找什么,我一直怀疑是它们前世受了冤,今世以一种幽怨的姿态出现,让它们的仇人见了内疚一辈子。有时它们围着我飞一圈,我就感觉自己的魂儿被它们勾走了,我电击般怔在那里,好半天才知道怎么呼吸。我想幽怨到了极致,它们都会成巫的。

豆娘也谈爱,豆娘谈爱的姿态同蜻蜓一样,就是一只豆娘用细长的尾巴钩住另一只豆娘的头,然后合着节拍,飞一起飞,停一起停。豆娘谈爱的时候我就特想哭,因为村庄里的小孩都结仇了,没有一个人理我。有时我还哭出声来,母亲就循声赶到西园,我不知怎么回答她,就说被斑蝥蜇了一下。擦了眼泪,我默默跟母亲回家,母亲在前面叨唠着:你这个孩子,你这个孩子……唉。

蜻　蜓

钓鱼的时候，往往会有一群红蜻蜓在我的眼前和头顶安详地飞。这种记忆不是来自童话《小猫钓鱼》里的某些细节，而是童年时我常遇到的事。

夏天里，我常去荷叶塘钓鱼。荷叶塘是个野塘，没有荷叶，水面上漂满了浮莲。我坐在岸边，把竿线甩出去后就静静地等待。那一般是些初晴的日子，阳光温热而不炽烈，神思才恍惚一下，红蜻蜓就不知从何处而来，抟飞在我的周围。那都是自然而然的事情。空气里响着薄翼振动时细微的摩擦声，鱼情看好的时候，我一般置若罔闻。若久等无讯，而这时倦飞的蜻蜓又要停在鱼竿尖头，我也会动心。我将鱼竿一点一点地缩回来，待红蜻蜓伸手可及的时候，就猛地一抓。但往往是不成的，红蜻蜓太机敏了。而这时线那端的浮标却不见了，以为有鱼，就猛提鱼竿，但竿成弯弓，却不见鱼跃，才知钩那边与浮莲那细长的茎搅在一起了。

钓鱼的过程是一场静坐的过程，那应该是老人的爱好，不知那时我怎么就迷上了此道？童话里的小猫还有老猫带着，而我，往往是一个人待在四周静谧的荒塘边。没有风，对面山林叶子上的碎光也像凝固了一般。天空没有云，湛蓝的底色上那枚太阳也像走不动似的。水面平静，满池浮莲妖娆，像一幅定格了的画。我甩竿的时候，水里的竿影还曲曲折折的，像一条要往深水扎的蛇儿。但只一会儿，就倦了下来，恍若冬眠。然后我就看见自己影子也一副稻草人的模样在水的深处。我翕动着鼻息，闻到空气里有沉沉的花香，我眼皮一合，就有睡的意绪了，整个眼前的一切，竟似梦魇一般。这时，红蜻蜓飞来了，红蜻蜓是那个静止的世界里，唯一轻快的事物。也许是因了它们的抟飞，我才挨过寂寞的童年。又或许是因了它们安静的飞翔，成年的我才变得这样寡合于人，谁知道呢？我一直认为我现在性格的形成，与童年时每一件琐事，都有千丝万缕的牵连。荒塘并无多少鱼儿，那些个晌午，我常常是空手而归，要么就只有一两尾二指宽的小鱼。用一根小枝串着，提在我手上。由于距钓上来的时间的确隔得太久，鱼儿已被阳光晒得硬邦邦的。母亲见我回来，也蛮欢心的样子，把两条小鱼拌上蒜叶，炒了给我与小妹吃。

  是的了，小妹童年在干什么呢？我真的一点印象都没有了，我不知小妹那时候为什么没跟着我去钓鱼？而村庄里的其他小孩又上哪儿去了？

狐　狸

　　那个下午，我们在坳里整地。

　　秋收刚完，现在大家都忙着把稻草茬翻下去，然后整田成地，再种油菜。秋天的阳光清爽而温和，本来最宜慵晒身子，但现在要将稻根遍布的土地重新整合，是多不容易，不一会儿，我们的衣服就全被汗水浸湿了。这时头顶温热的阳光也显多余。下午的空气就这样沉闷起来。大半个村子的人都来了坳里，但坳里却听不到多少人声，大家站在各自的田里，低头着，昂起锄头，旋即狠狠挥下去。在锄头扎进硬土的一刹那，伴随沉闷的哼哧声，一用力，大大的一块土就翻起来了。再接着便是锄头把土磕碎的声音。在吃力的劳动面前，每个人都成了天生的哑巴。

　　我家劳力少，劳忙时我不得不跟着父母日出而作，日落而归。那个下午我以二分之一父亲的速度，远远跟在父亲后面。每次要将土块撬翻的时候，我就感到自己胸口压了块大土似的。我喘着气，望着天，我希望来些风。但天上碧蓝碧蓝，一点也不像要起风的样子。我放下锄头，无精打采地坐在田埂上，望着父亲的身影发呆。我盼太阳尽快下山，将这个沉闷的下午早点带走。但太阳高高地悬着，离下山还早。

父亲不耐烦了，他在回头瞪我。就在父亲瞪我第三眼的时候，唐氏野那边突然喊声四起，一下子撕破了这个下午的宁静和沉闷。我对父亲说：一定出了什么事。我说这话的时候，别人家的小孩已扔掉锄头，风一样往山坡上跑。不经父亲同意，我也就追着他们跑上山坡。

我们手搭凉棚，朝唐氏野那边望去，就看见一只火红的动物闪电般朝我们这边奔来，紧跟着的是三五只不同颜色的狗，一边追一边吠。再后面追的就是唐氏野里背锄头的村民，他们的喊声此起彼伏。我还没意识到是怎么回事，四伢子突然回头叫道：狐狸！红狐狸！

坳里的大人们仰着头，眯着眼，狐疑地问：真的是红狐狸吗？我们就齐声叫着：是呀！是呀！朝我们跑来了……快来呀！快来打呀！

坳里的村民一听，就纷纷提着锄头虎跃上坡。可他们快，狐狸更快，不等他们跑上山坡，狐狸已从我们不远的地方一掠而去，它笔直的身子如一支破空而来的响箭，它腾跃的四肢快如追风，托着狐身在枯草上飞驰。

很快，狗们也掠过去了，接着唐氏野的村民与我们村子的男人汇成一起，纷纷从我们身边掠过去。我们就一路喊着跟在后面。然后，我们村庄的狗们也加入了追击的行列；然后，耙冲坳里也冲出一股叫喊的村民；再然后耙冲的狗们也咆吠着追击出来；再然后杨冲惊觉的小孩已在前面更远的山坡上张望了……风驰电掣的火狐就像一只快艇，划开了那个下午的沉闷，拖出一串越来越宽的闪闪波光……那个无风的下午就这样变得生动起来。

毕竟人的气力有限，火狐及"追兵"过后的山坡，自然会扔下一路散兵游勇。他们挂着锄头站在坡上，大口大口地喘着气，看着火狐一路奔远。坳下好奇的妇人们就跟他们搭起腔来，问火狐是怎么发现的。他们就说不知道，是前一个村子的人追到他们村了，他们才接着追的。妇人们就问他们是哪个村的，他们就说是哪个哪个村的。这么一打听，就发现他们已经追过好几个村了。然后坡上的人就坐下来卷了一口烟，与坳里的妇人们闲聊来，问问今年的收成、冬种的油菜、明年的谷种什么的。本来老死不相往来的两个村，因了火狐穿过的原因，就这样攀谈起来了。

一直等到本村第一拨追兵回来，前面村庄的男人才会拍拍屁股站起来，问结果如何？回来的人就告诉他们说还没有结果，他们追到哪个哪个村庄就掉头了，而前面的还在追。大家就笑笑交换烟纸，卷一筒，点燃，吸几口，互相夸着对方的烟不错，然后告别。

村里的男人走下坳来，妇人们就纷纷嬉笑他们，说以为他们会捡个什么宝回来。男人们不作声，一脸的讪笑。停不久，大家就各自谈起以前见过的狐狸。前因后果一说开，一只狐狸就是一个故事。在故事的泅泡下，脚下的地就这样不知不觉延伸了一截又一截。那个沉闷的下午，自狐狸过后，劳作便成了故事的点缀。就像城里的女人专心致志看电视时，手里还捏着一把毛线，飞快而漫不经心地挑着。

我们小孩是最后知道结果的人，那就是没有结果。当所有的大人都不追了，我们还在追着。火狐及追狗在远远的前面已成了一个红点和一些灰点。我们看着它们进入大山，然后是灰点陆陆续续退出山林，那个红点却再没见了，我们就知道没有结果。

我们悻悻地回来，太阳已经落山了。大人们纷纷询问结果，待知道没有结果后，又来耻笑我们，说以为我们会捡个什么宝回来。我们才不在乎他们的耻笑。我们在乎的是，这个辛劳的下午，终于可以这样轻松愉快地结束。并且在今天夜里，那只火狐一定还会重来，穿过我们重重叠叠的梦境。

在整个童年，以这样"铺天盖地"的方式追逐一只野物，在我的记忆中一共有五次，有两次是追狐狸，有两次是追野兔，还有一次是追野麂。前四次都没结果，只有那只野麂被追上了，由于在追兵中有我父亲，所以我家也从几百追兵中分得了一块麂肉。但麂肉是什么滋味，我已一点都不记得了。我只记得，那五次追逐给我生命带来的巨大冲击是无法描述的，就像五把熊熊大火，一直在我成长的某个路段燃烧。我一想起它们，体内的血液就呈沸腾状。我想无论我怎么描述，如果没有亲自经历，读者也不会体味到那种直抵心魂的振奋。噫，这真是一件天大的憾事呢。

水 牛

那个雨天,母亲一脸煞白地回来,见到我们,就哭了。父亲问她怎么了?母亲说不出话,只伏在父亲肩上哆嗦着身子。我与小妹面面相觑地看着母亲,弱小的心像被什么一下子攫住了。母亲头发散乱,身上有几块污湿,衣裳从背部撕裂,脚上只有一只鞋。

父亲大概知道是怎么回事了,他低低地骂一声:这头兽牲!然后匆匆跑了出去。直到晚上,母亲才惊魂甫定,断断续续给我们讲叙事情的经过。果然又是我家的大牯牛在作怪。母亲下午去放牛,走过一条田埂,大牯牛张口就吃路旁的禾稼,母亲不让,用力牵扯牛鼻上的缰绳。大概被弄疼了,牛勃然大怒,鼻子一吼,蹿上去就将母亲顶起来,摔下去,哗啦一声碎响,母亲的衣裳就这样被牛角撕破了。牛还要用脚去踩母亲,母亲从牛蹄下一翻身子,滚过田埂,才幸免一死。

这是母亲第一次碰上这事,所以母亲吓木了。母亲睡到半夜突然叫着我的名字,把一家人从梦中惊醒。母亲摇着睡眼惺忪的父亲说:明天就将大牯牛卖掉。父亲有些犹豫,他嘀咕着:可是大牯牛犁田是全村最快的呢。母亲坚决地说：我不能让一家人的性命都拽在这头兽牲的手心里！父亲叹了口气，不吭声了。我知道父亲还是有些不意愿。毕竟大牯牛帮了我们一家大忙，人家的牛一天一般犁两亩田左右，大牯牛几乎快它们一倍。大牯牛拉着犁铧健步如飞，扎在深土里的犁铧如在水里漂窜，厚土哗哗，从犁铧两侧纷纷披翻。掌着犁把的父亲一脸荣光。因了大牯牛，父亲在村庄的地位明显高出其他的男人。父亲把自家的田犁完后，还可以带着大牯牛帮别人犁田。除了赞叹，别人多少还有些实物回赐。

父亲犁田完毕，把枷套一解，就对我说：去，去放一会儿牛，到草多的地方去，让它吃饱。那时我便不得不放下手中正在进行的"私活"，把牛从父亲身边牵走。大牯牛是全村牛群的领袖，它大概根本没把我这个破小孩放在眼里。所以很多时候，我不是它的主人，我得陪着小心侍候着它。但还是有几回差一点被它给挑了，好在我一直有防备，能在危险到来的一刹那，雀一般地闪过一边。它顶不着我，便又低头嚼草。我愣愣地站在那里，悬悬浮浮的一颗心半天不能安定，有些哆嗦的嘴却骂骂咧咧起来。

我几次说大牯牛要用角顶我，但父母都没放在心上，只说要我小心一点就是，家牛一般不会伤害自家的主人。我还要争辩，父亲就说我无非是为贪玩而找借口。我就无话可说了。

现在母亲终于意识到大牯牛的危险了。

没几天，大牯牛终于从我的视野里消失了。然后，一直盘踞在我弱小心灵中的阴影终于流云散尽。大牯牛卖出去好些日子了，母亲还常常望着我发呆。她可能觉得我能活下来简直是个奇迹。也许还真是一个奇迹，邻村那家买主的小孩就没我幸运，他在第二年春天真的被大牯牛给顶死了。春天里大牯牛胯下晃着一截又红又大的家什四处乱闯，它能闻到二三里外母水牛们发出的奇异气味。闻见了就急不可耐地往前奔，那家小孩不懂它的性情，紧扯缰绳想把它留住，却被它用角一顶一抛，就把肠子给弄出来了。母亲听说这事，一脸恍惚地过了一天，黄昏时她在禾坪里烧了一把纸钱。她说那孩子是替我死的。

　　埋了孩子后，那孩子的父亲却舍不得把大牯牛卖掉或杀死，他说这完全是个意外，再说他要大牯牛用一辈子来还债。大牯牛也许真有还债之心，后来那户人家真比以前富裕多了，那男人在邻村的地位也逐年攀升。据说他家四季飘着酒香，那都是别人送的。我父亲听说这些的时候，就有一丝落寞走过眉脸。偶尔他还说：那牯子要不凶，那真是犁田的一把好手，我从没碰见过……

鹧　鸪

暮春，鹧鸪在瑶村的各个山坳里啼鸣。孩子群聚的时候也听不出这声音有多少感情的成分，每每听见了，我们就会呼朋引伴，然后悄悄朝某个山坳合围过去。可没等我们走近，鹧鸪就突然停了声。鹧鸪一停声，一坡荒草就不知何处是它的藏身之地了。我们在齐腰深的荒草中乱冲乱闯，口里不住地吆喝，但并不见鹧鸪惊飞的身影。鹧鸪就这样神秘失踪了。不知是谁突然喊一声：鬼来了！大家就心儿慌慌地笑骂着跑回村庄。

事实上鹧鸪真可能带着某种巫性呢，瑶村每年春天都能听到鹧鸪的啼鸣，但却很难看见鹧鸪的身影。所以直到现在，我都分不出鹧鸪与野鸽有什么区别。

鹧鸪的声音只适合群听，不适合独听。群听的时候，其声中还颇有清婉之音；若是独听，就只剩忧郁凄怆了。特别是在暮春里的黄昏，下点小雨，而你周围目极处看不到人影，耳倾处听不到人声，这时再听鹧鸪，它简直就像在哭，哥哥——哥——哥——！如诉如泣的啼声，让人没来由眼睛就湿了。

"江晚正愁余，山深闻鹧鸪。"若干年后，我从书上读到这一句，浑身就像遭电击似的突然一颤。蒙尘的记忆很快就回到了十二岁时的那个黄昏。那是个暮春的日子，我一个人去深山挖笋，我背着一个麻袋。春雨过后的深山，到处是悄然拱出的竹笋，我挖着挖着，忘却了一切。然后就到了黄昏，细雨在不知觉中绵绵而来。暝色如魅，已在林间深处完成了对我的合围。鹧鸪这时开始在雾锁的山坳里长一声短一声地啼鸣，我惊觉地抬起头来，便发现重重叠叠的春山都被鹧鸪的啼声染上了某种说不出的凄惶情愫。然后怕的感觉一下子就侵占了我弱小的心魂。我反手将麻袋往肩上一搭，跑了起来，凉风飕飕飕地穿过我湿透的衣衫，沁骨之寒便使怕的感觉更加浓了。然后我浑身都哆嗦起来。

我跑呀跑呀，没想到才把那边山坳凄凉的啼声甩在身后，这边山坳里又有了新的啼声挡在前头，也是一样的凄凉，一样的夺人魂魄。我突然一咧嘴巴，哭了起来。麻袋太重太重，我实在跑不动了。我只能抹着眼泪，一步一挨地在滑滑的青石板上走着。每摔一跤，哭声就大一些，泪水就多一层。

……一直到了村口，看见了盼归的母亲，我身后惊心的啼声才慢慢地低下去，消失了。

秧 雀

秧雀可能是瑶村最小的鸟儿，跟一颗核桃差不多，在瑶村我是没见过比它们更小的鸟儿了。

六月的瑶村，所有的树木都长成最茂盛的样子，又没有一丝风，所有的树冠就凝固成一朵朵苍老的绿云。那时的阳光也不再是灵动的那种，才一出来，就有些狰狞的意味了。反射在树叶上的那些光亮，也像一堆堆破碎的玻璃碴似的，一动不动，在树叶上一待就是一天。幻觉中似乎可以听见强光摩擦树叶时尖锐的刺耳声。而事实上，盛夏瑶村的白天，比月夜还要沉寂得多。在阳光最烈的时候，所有的生灵都会恹恹地躺在凉荫处，进入沉沉的梦乡。

唯有秧雀和小孩例外。小孩似乎是瑶村最不怕晒的动物了，在盛夏的正午，他们可以从这条田埂渡到那条田埂，从这道山梁翻到那道山梁，但却什么事也不干。他们只是太无聊了，漫长而沉寂的正午让他们实在不知如何消磨。

然后他们就发现秧雀了。浑身绿色的秧雀躲在树荫之中，首先当然看不到它们的形影,而是听到无数声符在树叶间跳跃,这时就像听《秋日丝语》那种轻灵的琴声,通体一下子就凉爽了,仿佛是一场音乐雨突然把全身浇了个透湿。秧雀与叫天子不同,叫天子是属声嘶力竭的那种,带有点摇滚的味道。秧雀的声音则是怯怯的,俏俏的,清清的,比我们横吹柳叶可要动听多了,与钢琴弹奏的声符比,也毫不逊色。秧雀的声音才可用得上鸣啾一词。呀,在那样的酷暑听它,全身每一个毛孔都会迷醉的。

秧雀一般是成群的,但别担心它们的声音会因此乱而无章。秧雀才不会像叫天子那样,一个劲地猛叫,全然不管别人,秧雀很注意群奏的效果,所以它们的声音尽管密,却没有重叠的。秧雀这种生灵又特喜动,它会在树叶间一刻不停地跳着,因此其特质的音符也会在树叶中这这那那地跳跃,这样一来,它们的乐声就像万花筒似的不可琢磨,却又妙不胜收。仿佛微雨落在安静的池面,泛起的涟漪似乎毫无章法,却又井然有序的样子。那实在是造化中最高的境界啊。后来我听人为的音乐,唯有《百鸟朝凤》一曲,那种东跳西跃琢磨不定的音符似乎才有这种神韵,我敢肯定,当初的创作者一定借鉴了秧雀的这种合奏。

秧雀突然像约好了似的,齐齐地从树荫中飞了出去。乍眼一见,还以为是树荫被拓印了一张被风吹走了呢。秧雀飞出时的队形,往往保持树冠的形状,而秧雀本身又是淡绿色的,所以这种幻觉是常存在的。秧雀在这棵树上唱一阵,又齐齐地飞到那棵树上再唱一阵,好像要用它们清凉的歌喉,唤醒正午沉睡的一切。秧雀过后,我们再看草看木,看村庄看山野,一切就真的没有那么呆滞了呢。凝固的正午也似乎一点点松动起来。

第七辑：遍地药香

臭牡丹

药用：具有解毒消肿、化脓活血的功效，主治偏头风、无名肿瘤等症。

梅雨季刚过，地湿透了，天开始放晴。

我们在禾坪的空地上玩甲乙丙的游戏。长钉在孩子们的手中轮来换去。甲代表我，乙代表你，丙代表他。把长钉扎向湿地，扎稳了，就画根线把对方圈住，线由里向外，像螺旋般一圈一圈在空地扩大。被圈在里面的人如进了迷宫，逃呀逃呀，老是逃不出来。明明知道是游戏，可有些孩子居然哭了……

我们玩画圈圈的时候，臭牡丹就在我们身边妩媚而安静地开放。它不是牡丹，它也许是豆科植物，花有点像合欢花。针芒似的花瓣齐斩斩地向外温柔刺出。它的颜色艳丽极了，也复杂极了，由蒂向瓣，比彩虹的颜色还要多，色彩的过渡也比彩虹还要自然。

臭牡丹并不臭，只是气味重而已。故乡安仁县的人老把气味重的东西称作臭。因了气味的原因，臭牡丹一开放，便会引来蜂团蝶阵，甚至无数不知名字的爬虫。那些样子丑陋、闪着磷光的爬虫在花蕊里走来走去，让我们看着好害怕。花也由此染上了一层神秘而妖邪的气息。瑶村没有哪种花会让我们觉得害怕，可面对臭牡丹，我们纯稚的心灵总会传出一种本能的悸颤。

那么美丽的花，为什么会散发出如此浓郁的气味？又为什么会招来那么多奇邪的虫子？这跟童话里美艳的女巫会有什么关联呢？

在童年很长一段时间，臭牡丹也许就是我们心中的花之女巫。我们不敢沾它。

后来长大了，偶尔在书上读到了曼陀罗三字，我心一惊，很自然就把它与故乡的臭牡丹等同了。我以为臭牡丹就是那种有着美丽名字的剧毒之花。但事实上并不是。很多年后，我在泰国某个植物园里见到过曼陀罗这种植物，感觉非常失望。它的样子平凡得实在不配有这么美的名字，那么单调的几片叶绕着一朵平庸的花，甚至让人怀疑它的剧毒之实。

因了臭牡丹开花时浩大的声势，在瑶村生活的时候，我总觉得整个瑶村的五月都是臭牡丹的天下。雨季过后，我弱小的灵魂好像一直笼罩在它艳丽的身影和浓郁的气息之中。

是离开瑶村许多年后，我才发觉，臭牡丹其实只在我家南园的园墙周围生长。而当我发觉这个现象的时候，臭牡丹已在瑶村失踪了很多年。我家南园现在只剩荆棘遍地，杂草青青。园外的那块空地，也再没有小孩用长钉玩画圈圈的游戏了，一茬人有一茬人的游戏，那种幻人心智的游戏就这样随着臭牡丹消失了，并且也许再不会出现在下一代村童的生活之中了。

前天，我向年迈的父母问及臭牡丹的药性，才知臭牡丹居然是母亲新嫁瑶村时从外地带过来的……

得知这个消息，对我而言，那种惊讶是可想而知的。

母亲现在老了，心气也平和多了，跟一个普通的老妇人没有区别。有时我的声音大了点，她还会流出一脸委屈的泪。可在当年，初来瑶村的母亲却是一个精灵般的女子。她拥有妖柳一般的身材，迷花一般的容貌。中学毕业不久，很快成了村里小学教师和赤脚医生。这样的人，要她嫁给小学二年级都没读完的大老粗，自是十二个不情愿。但那时外公贪图我伯父村支书的权威，硬让她嫁给了我父亲。

爱恨情仇，父亲在享受母亲的美丽和智慧的同时，也没少受母亲毁灭性的伤害。但这些都是上一辈人的事情，我这个做晚辈的也不必多说。

总之，自我母亲把臭牡丹带到瑶村以来，瑶村很多人的命运就都成了定数，我父亲的命运更像被画圈圈的长钉扎在那里一样，一动也不能动。若干年后，我接到妹妹的电报，从千里之外的异地赶回老家，看见号啕大哭的父亲，头脑里闪过的，居然是童年里那些被游戏弄哭了的孩子。在精灵似的母亲画的圈圈里，父亲怎么逃，也逃不出来，于是他哭了，并且是恸哭。

那么邪艳的臭牡丹，童年时有一天，我居然在无人的时候，心惊胆战地摘了一朵。我跑到屋后的溪谷边，用清凉的溪水将花蕊中奇怪的寄生虫冲走，然后将花放在胸口，在松风下的岩石上懵懂睡着了。

许多年过后，当我认真反思命运中的种种劫数，我才发现，一切好像都是注定了的，像梦魇一般无法摆脱。而童年时那个莫名的举动便是这一切因果的注脚。我也中了臭牡丹的邪。中了某些如臭牡丹女子般的邪。

臭牡丹，它带着巫性，是花之女巫。凡沾染过它的人，它就会把这人的命运写在时光幽暗的河流上。

七叶樟

药用：具有杀毒防瘟的作用。主治盗汗、感冒等症。

七叶樟不是我们常见的樟树。它的学名叫黄荆。七叶樟是老家安仁县瑶村常见的灌木，再怎么长，都精瘦精瘦的，是长不成树的。之所以叫它樟，大概因为它散发出的气味与樟树差不多吧？那种气味，蚊蝇都靠近不了它。

七叶樟的得名，是一朵叶柄上有七片媚眼样的小叶，像手指般张开来。

七叶樟其实是名不副实的。因为春天初发的时候，一枝叶柄上只有三片叶，及至初夏，也只有五片叶。只有到了盛夏季节，在繁茂的枝头深处，才可能长出七片叶子来。而且也是非常稀少。所以村人每每见到长了七片叶子的七叶樟时，都会惊喜地叫一声：看，七叶樟！

五月端阳，在瑶村可是一个盛大的节日。瑶村人喜欢用很多种植物，加上鸡蛋，用猛火熬汤。等熬好了，揭开锅盖，升腾的水雾就会和着浓浓的药香扑面而来。水雾散尽,母亲把鸡蛋拣出来,平分给家人。再给每人舀一碗苦涩的药汤,逼着喝下。剩下的汤汁加入热水,让每人洗个澡。据说这样,一年之内全家人就百病不侵了。

这些植物中,其中一种便是七叶樟。喝了药汤,洗了药澡,用彩丝编织的网袋装着鸡蛋挂在胸前,去邻村的河湾里去看龙舟赛。这些都是端阳节的正事,但记忆里除了些模糊的概念外,现在已不剩一桩可记一笔的细节了。倒是寻找七叶樟的过程,一直以来都在头脑中固执而鲜活地伏存着。

在瑶村,每年的端阳节首先都是由小孩子张罗着。主要是到山野里把各种植物寻回来。据说这些植物只要错了一种,熬出来的汤,喝下去不但对身体无益,而且还会毒死人的。所以采撷这些植物时,孩子们都是一脸的虔诚和敬畏,生怕出了什么错,给全家人带来灾难。采回去的植物,也要由父辈一一过目,才会放心。

五月端阳的瑶村,有明亮鲜洁的阳光。有蔚蓝深邃的天空。放眼望去是深深浅浅惹眼的绿色。雨季刚过,大地酥软,到处都是一汪汪明镜般的水洼。那些寻找植物的孩子就豆子般散落在这种环境之中。

他们一个个在田埂上走着,在山沟里走着,在水洼边走着。

他们一个个不作声,勾着头,寻寻觅觅,走走停停。

他们一脸的小心翼翼,庄重严肃。

他们就这样把瑶村的端阳节烘托得隆重而神秘。若干年后的今天,再来回忆当时的情景,我感觉那些走来走去的少年就像一幕历史哑剧中的戏子。他们并不知道端阳节的来历,但他们勾着的头,满脸的敬畏和虔诚,像影子般在瑶村五月的山野里穿来穿去,分明就有了某种悼念的色彩。也许先人之所以要把这么多种植物纳入端阳节的单子,就想让后人在端阳节来临时倾巢出动,在山冈河流之上,勾着头,默默地,穿梭般走来走去?

可是，七叶樟哪儿去了呢？村庄的前后左右，到处都是长着三片叶子和五片叶子的樟柴，七叶樟却如仙踪般难以寻觅。今年瑶村的五月已经长出了七叶樟吗？这是个疑问！从理论上来说，每一棵樟柴都可能长成七叶樟。但我们经常数遍了无数樟柴，就是数不出一片叶子长足了七片媚眼似的小叶。

我们找累了，找绝望了，就经常想，可不可以用五叶樟代替七叶樟？它们的药性是一样的吗？尽管我们这么想了，可我们却从没用五叶樟代替七叶樟。血脉深处遗留的固执在支撑着我们一刻不停地继续寻找。

我们跋山涉水，翻山越岭，找遍了瑶村每一个最有可能长七叶樟的地方。最后呢？最后是七叶樟每年都没让我们失望过。它躲在瑶村某一个神秘的地方，静静地生长。当第一个孩子找到它时，它七片媚眼似的小叶总要在风中轻轻地晃一下，伴随着像有一声叹息传开来。七叶樟每年都如期生长在五月瑶村的某个角落，但它似乎并不愿意让村人找着它？要不然我们的寻找也不会这么艰难。

找到七叶樟的孩子把七叶樟的枝叶分给瑶村每一户人家。然后每一户人家就都有七叶樟了。

…………

有了七叶樟，我们再找艾叶。小美家的园墙上就有一大片麻秆似的艾叶。

我们再找香蒲。瑶村每个池塘的角落都栽了香蒲。

再找年丰柴。年丰柴一般长在高高的山顶。

再找月份藤。月份藤常常与瑶村一些荆棘相依相缠。

再找水依柳。水依柳不是柳，是一种草本植物。采撷时可要当心，不要把长在水边的柳枝当水依柳采回家。

再找花椒枝。外婆家种植花椒，我每年都从外婆家砍一大把背回瑶村，分给大伙。

再找臭草。臭草的气味很浓，但不臭。砍柴时肚子饿了，村人常采一大把充饥。

再找橘枝。瑶村每户人家的祖辈都给他的后人留有橘园，也不知是多少代的橘园了……

等把所有约定俗成的古老植物都找齐了，瑶村每户人家都架一口大锅，将植物洗净，投进入，加水加鸡蛋，一锅煮了。

揭开锅盖，升腾的水雾和浓浓的药香扑面而来。扑面而来的水雾和药香把村人的眼睛弄得涩涩的，端阳节就在村人懵懵懂懂想要流泪的时候来临了。

牛王刺（云实）

药用：具有清热除湿、杀虫功能。主治痢疾、疟疾、小儿疳积。

出东村口，小兰家的园墙上面栽满了荆棘，这种荆棘的刺从秆到叶，一排排长得到处都是，护园是再好不过了。父亲叫它牛王刺，今天我才得知它的学名叫云实。也是故乡安仁县常见的药物。只是小时候不知晓罢了。

酷暑的时候，牛王刺开花，是金黄金黄的那种，重重叠叠，一串一串，颇有云蒸霞蔚之势。人从旁边经过，老远就可闻到一种奇异的花香。奇异的花香浓得让人有些喘不过气来，这时抬头看天，就会感觉已坠入了盛夏的深处。头顶上的太阳不再是单薄的一张，而是叠饼似的一层一层地累着。从里面喷涌出的热力具有无比的神威。汗，不由分说就从你的头皮里密密麻麻炸出来。

牛王刺花开的时候，花香笼罩的周围就像有一个神秘的热磁场。这种感觉是独特的，大人们也许就感觉不到。我们之所以能够感觉到，是因为我们常去荆棘花旁。

我们去牛王刺花旁干什么呢？就是去捉俗名叫金脊蜂的甲壳昆虫。阳光最烈的正午，无风，花香就浓郁到了极点，七里八里外的金脊蜂都会飞来，牢牢地抓在黄褐色的花枝上，很迷醉的样子，一动也不动，乍一看还以为是花枝上长满了疙瘩呢。这时我们就会呼朋引伴跑上前，小心翼翼地踮起脚，把小手儿从荆棘的枝叶中伸过去，慢慢朝金脊蜂靠近，待临近了，突然一加速，就将金脊蜂抓进了手心。但几乎在同时，所有的牛王刺也齐齐拽住了你的衣袖，再不让你"全身"退出。

捉金脊蜂往往都是不怕痛的男孩，女孩这时就会上前帮忙，小心轻巧地将钩住男孩衣袖的荆刺一根一根取出来，男孩的手臂终于得以从荆棘中解脱。然后手心对着手心，把捉下来的金脊蜂让女孩握着。痛的感觉这时才由表及里，波及全身。撸起衣袖，你就会发现手臂上已泛出几行细密的血蕾来，嗞嗞吸两口气，也就不管它那么多了。放下衣袖，找来早已准备好的细绳，把金脊蜂的后腿绑好，拽在手中。然后把这粒蚕豆似的硬东西朝空中一抛，就在下落的一瞬间，金脊蜂突然像小小降落伞，从硬壳里张出它柔嫩的纱翅，飞了起来。由于被绳牵着，当然飞不远，只能绕着你前前后后、左左右右、高高低低地飞。你的心也因此跟着它前前后后、左左右右、上上下下地飞。你的人也由此变得天使般轻快起来。特别是一手拽着几只金脊蜂的时候，那种飞舞更让你目不暇接。那种心尖颤颤的感觉，让你一辈子都没法忘却。

小时候，我最不怕痛，所以最会捉金脊蜂。我把捉来的金脊蜂送给了村里好多女孩，那个季节我就成了村里的英雄。我还梦想着长大了把她们一个个都娶进家做婆娘。但长大了她们一个也没做我婆娘，我甚至不知道她们都嫁到哪儿去了，有些人是不是已经死了？

栀子花（栀子）

药用：其成熟果实具有清热利湿、凉血散瘀的功能。主治热毒、尿血、吐血、急性黄疸型肝炎等症。

花是栀子花。栀子花的淡雅清香很多人都知道。但栀子花的食用价值，大概就没有多少人知道了。

故乡安仁县瑶村有片山野叫栀子花谷。不知什么原因，谷中聚集的栀子花丛特别多。出了谷，栀子花就东一丛西一棵，零稀得很。植物学家一定会说是山谷的土壤、气候特别适合栀子花生长。而我更乐意看作是花儿志趣相投，才走在一起来聚居。

栀子花一般开在春末。先是一些个翠绿的苞儿慢慢、慢慢地长大。突然一个早晨，有一朵花先绽开了，在微微的晨风中怯怯地晃动着素洁的脸。第二天早晨千朵万朵的栀子花就放肆而开。仿佛是合唱，都在等着谁先发个音似的。寂静的山谷一下子因万朵攒动的花儿，热闹了。

食花饮露本是仙人所为，我不知故乡是哪一辈的祖先把栀子花弄到自家餐桌上来了？第一个食螃蟹的人需要勇气，而第一个以花为食的人则需要诗心。听说祖辈有一个中过进士的风流才子，我怀疑就是他了。总之自从栀子花上了故乡的餐桌后，每年春末就有那么一段时间，栀子花会成为村人的主菜。而到我童年时，食花已完全不是因为雅情，而是实在没有更好吃的东西了。

总就那么一个山谷，大家竞争采撷，花就供不应求了。何况我们不单是自己吃，还要拿到集市上去卖。好在要买的人并不多，外地人大多吃不惯，只为图个新鲜而已。先听说花能吃，就兴冲冲地买一点。但尝过之后，觉得味清寡，有余苦，就再不吃了。那时村人也是穷疯了，大凡能换点钱的，都拿到集市上去卖。要不然明知别人不喜欢，又何苦受那份罪呢，往往卖不了多少，还得自己提回来，扔又舍不得，就晒干用罐子储存着。等过年时，有了肉，拿来蒸肉。那倒是道美菜。

栀子花的花期大约一周左右，一周之内，枝头所有的花蕾都会次第开放。所以在这段时间内，村里的孩子都起得很早，不等天亮就提着个篓子上山了。孩童时代的我，那时节老兴奋得睡不着，早上每每就要晚起，多是母亲把自己从睡梦中叫醒，一骨碌爬起来，提个东西迷迷糊糊就往外跑。微光之中，村里正是人影幢幢，狗吠声声。有时就起来晚了，别人都走了，村里已恢复了宁静。再要上山，就采不到什么花了。因为栀子花都是夜里开，再要采，只能等到明晨。垂头丧气折回家，把篓子往墙角一扔，噘着嘴，十次百次地埋怨母亲叫晚了。

记得花期多是晴日，晚上有月亮。有时不需母亲叫，自己就醒了，见窗外亮堂堂的，以为又起晚了。穿起衣服出门一看，发现是月光骗了自己。返回屋，再要睡，却没有一点睡意了，又怕真的睡着了，一时醒不来。于是干脆就提着竹篓上山。

月光下的山谷所有的景物都像梦幻一般，而一丛一丛的栀子花则像一片一片落了一地的月光。在这样的夜晚，我感到手中的花就更轻了，恍惚间，我不知自己是在采花，还是在拾掇月光。等篓子满了，天还没亮。我下山时，别人才上山。就有人惊呼：天！你怎么这么大胆子？就不怕狼，不怕鬼吗？我心略惊：是呀，采花时我怎么就没想这么多呢？

由于花是夜里开放，花心窝里总要储一些夜露。把花从花蒂中拔出来时，用嘴噙着花尾一吸，就有满口清甜。那滋味儿是我后来在城里所吸的任何东西都没法比的。有时我摘花时，就会连花蒂也摘下来。这样自然慢了摘花速度，但我不在乎。我把带有花蒂的花拿回家，给邻居小清吸。小清比我小三岁，又是女孩，还不能上山采花。有几年都是我把有蒂的花带回来，然后由我把花从蒂中小心翼翼地拔出来，塞给小清吸。我还把没有蒂的花分一半给小清家做菜吃。我以为等长大了小清会嫁给我做婆娘。但后来我才读高中，小清就被她娘逼着出嫁了，新郎是个木匠。再后来我上了大学进了城，小清她娘就有了悔意。而我反过来却认为她做得对。就这样留一份纯美的感觉也好。要不然经过文明的"洗礼"后，我那颗已被整治得歪七乱八的心，怎么还配得上小清的那份纯真呢。我这么说是有些矫情，不如干脆说我有一肚子歪歪的学识，而她没有。我们不般配。

花多得吃不完，就餐餐吃。花味清苦，但花香袭人。每年春末的这段时间，整个村子香气扑鼻，条条通往村庄的山路上也余香缭绕，颇有"踏花归去马蹄香"的意韵。连村人的下放之气也没有臭味，而是一股淡淡的草青味。采花食花对于村人来说，本来已经成了一件很功利的事情，但食花过后，人人满口余香，内外通透，无形中就有些道骨仙风的气质了。

十几年过后，我从乡村来到城里。有一年过情人节，我送了一大把玫瑰给我女友。那晚我还兴致勃勃地讲起了童年时采食栀子花的事，没想女友不等我讲完，就瞪着我说，"花是用来吃的吗？真败兴！"说罢将我送的玫瑰往地上一抛，走了。并且因为这事我们最终分了手。

我女友的潜台词无非是说花是用来看的，用来欣赏的。而事实上把花枝折下来带回家，插在瓶中，看它们由鲜嫩娇美变成憔悴干枯就是一件很浪漫的事吗？我看也不见得。我们食花败兴，他们天天食鸡鸭鱼肉就不败兴了吗？由这件小事，我发现这个所谓的文明社会里，充塞着许多伪善，伪道德，伪浪漫，伪情怀。

荷（莲）

药用：莲子具有养心安神、益肾、补脾功能。主治夜寐多梦、遗精、崩漏带下。

那年夏天的某个正午，我面对安仁瑶村朱垅塘的一池盛荷，竟像得了癔症似的，连步子都挪不开……

我已经记不得在那个阳光很烈的正午，自己因何一个人去了朱垅塘？我只记得当时阳光如静瀑一样，从天空倾洒下来。旷野无人，也无禽鸟。一切生物都蔫蔫恹恹的，只有一池盛荷像深夜酒吧里的女子，无比的妖娆。

我不由自主走过去。雨天的荷叶散发出的是淡淡清香，而暴阳下的荷叶则奇香袭人，又没有风，浓郁的芬香一下子就笼罩了我，我长长长长地呼吸，有些微窒息的感觉，但我迷醉于这种窒息，它使我的意识有些飘浮，眼皮沉沉的，人却轻轻的像要飞起来了。而那些擎立的荷叶呢，这时也似乎无风而晃，一张张荷叶，像一张张巨大的吸盘，要把我像小虫子一样吸附上去呢。又像女人美丽的裙裾，要给我小小的心灵安一个宁静而永恒的家。一枝枝盛开的荷花，则似一个个狐仙鬼精，在重重叠叠的绿色中隐隐闪闪，正午的阳光下，一时巫气大兴。那些高雅幽窈的花瓣，再怎么看，都不像这个尘世中有的。一片片含着雾气，看不真切，相隔不远，却又似乎隔着人仙难以抵及的距离。花蕊中间微露的莲蒂，久看则如薄纱下只只充满诱惑的碧眼。我就这么一点一点地深陷进去了……

孤阳笼罩下的一塘盛荷，这时居然如午夜月圆下的荒坟，所有的精仙都从地底无声地冒了出来。而我，正处在午夜里的一个梦魇之中。面对充满无穷诱惑的恐惧，我挪不开步，也喊不出声。我的脚像拴在那里了，而我的喉咙像被什么掐住了似的。我脸色紫红，汗如雨下，全身肌肉痉挛，如一个得了癔症的孩子。我渴望这时能有人来，不管是大人还是小孩，把我从这种迷幻的境地中拖出来。但村庄所有的人们都在屋架下的凉荫里歇着去了，这时连一只黄狗也不会经过这里。

后来，荷塘上空不知从哪里来了一群红蜻蜓，它们轻巧地飞翔，漫不经心地飞翔，无所畏惧地飞翔，仿佛那举着一池诱惑的碧荷，对它们够不上半点威胁。空气里响着薄翼振动时细微的摩擦声，绝对的岑静就这样被打破了。我把目光从碧荷深处挣脱出来，去飞逐那些轻灵的身影，我的呼吸一点一点正常了。正午凝冰似的阳光瀑也似乎松动了，在丝丝缕缕水一般地流泻。

……等能够挪动腿的时候，我突然如一只受伤的兔子，惊跳着掉转头，一溜烟逃回了村庄。后来，我再也不敢一个人去靠近那一池盛荷了。特别是在夏天阳光浓郁的天气。

长大后，见了荷一样高雅、精致、充满风骚和诱惑的女子，我也远远地绕道走。一直以来，我都是俗人一个，我承受不了她们对我心理构成的冲击波。当然，在这篇文章里，我主要不是想说这些，我主要是想说,村庄里即使平常的事物,对一个独处的孩子来说,也充满了类似邪恶的惊恐。一个人的成长秘史,实在比一个民族的生存史要细腻深刻得多,也要惊心动魄得多。

山枣子（山楂）

药用：具有消食积、散瘀血、驱绦虫等功能。主治肉食积滞、腹满胀痛、恶露不尽。

山枣子的学名叫山楂。就是每年的这时，一树树红彤彤的山枣悄然点缀在瑶村山路旁的林木之间。那情形，就像国画大师完成他的泼墨山水后，再用鲜目的橙红点洒其间。或作春花，或作秋实。

是在前天我与小儿玩橡皮泥时，才想起故乡瑶村的山枣来。把七色的橡皮泥混合一起，稍稍捏成团，再平展开来，就会露出一幅玄妙而绚丽的彩色图案。那种夺人心魂的美让我不由就想起了秋天瑶村的山野，进而想起秋天山野里那一树树珍珠玛瑙般的山枣，以及摘山枣时那些碎片的温馨和凄冷。

父亲一年四季都一个人进山砍柴。父亲已习惯了那种孤独的劳动。只有在秋天山枣成熟时，父亲才带我上山。很多细节，我现在已记不清了。我现在能依稀记住的，是那一山秋色凄艳的木叶；是深秋温凉如水的阳光；是山风姗姗徐来，无边落木潇潇而落的样子；还有那一山寂静和寂静里细细碎碎的响动……所以这些，让我回忆起来，满是凄清和感伤。唯有从林子里传出来的父亲雄浑的伐木声，才让我的回忆显得安详而从容。那种声音至今好像还能给我的生命传递一种力量。

山枣树是有刺的。我摘山枣的时候，山枣必会用刺扎我。一不小心，血蕾就会从被扎的指尖迅速冒出。那颜色和形状像是另一种山枣。现在我已经记不清那些痛感了，就算在当时，我也没把这些许疼痛放在心上。那时我的心思一会儿放在了那些亮晶晶粉嘟嘟的山枣上，一会儿又放在了父亲身上。我摘山枣时，父亲已钻进林子里砍柴去了，触目处，除秋阳下万千攒动的木叶，整片山野就只有我一个小小的人影。所以父亲的伐木声对我而言，就显得尤为重要。我非得要在父亲的伐木声中才能专心摘山枣。父亲的伐木声一停，一山寂静就把我弄得像只受惊的兔子，我弱小的心灵很快被一山寂静吞噬，一副惶然无主的样子。而我更担心父亲被寂静里的神秘怪物给偷偷撸走。于是我便站在高岗，昂扬着脖子，脆怯怯地喊一声：爸爸——！若不听见父亲回答，我就一声比一声喊得凄急。直到父亲在山沟里答应了，我才将悬悬的一颗心安定下来，继续摘枣。等把一树山枣摘完，我又要喊一阵父亲。无人的林子，就在我与父亲的应答声中，度过一个懵懂而祥和的晌午。

山枣多渣少汁，即使熟透了，吃起来也有些涩。孩童时没什么吃的，这东西还算不错，若搁到现在，我可能不再喜欢吃了。现在山枣带给我的回忆，显然不是它的味道，而是附载在它身上的一些温馨往事。那时的我对父亲是多么依恋和信任啊。仿佛我就是天风下万千木叶中的一枚，只有握在父亲的手心，才不会被吹得无影无踪。山野里那些岑静的晌午，现在想来，隐约透露无尽玄机，仿佛上帝特意把我与父亲单独置于那样的时空，让我们把浓浓的亲情渲染到极致。那时我大约七八岁吧。

我记得从十岁起，我似乎开始有意挣脱父亲的怀抱，尝试着去独立闯荡，让勇敢、坚强等一些雄性词语逐渐附满全身……

等到现在，我再与父亲单独相对，彼此已平和得像旷野中两株默默相对的大树，再也找不到要把一颗心寄托在另一颗心之上的感觉了。我们都先后长大，并且逐渐变老，所有的感觉都趋入沉静而迟钝。我只有在与小儿戏耍时，才会复苏儿时的一些记忆。而一旦复苏儿时的记忆，我总会伤感得想哭。我多想时间能够倒流，让我对父亲一直有那种极度依恋的感情。但不行了，在家族的生命藤上，年迈枯萎的父亲已显得可有可无。这都是自然规律。我知道父亲走后，就该轮到我走了，就像一片片木叶脱离枝头，就像一只只葫芦脱离藤蔓。等到我走后，家族的生命藤就会由儿子和他的儿子演绎那些细腻的情感。只是不再是在瑶村的山野，道具也不再是那些山枣……

……现在，我还记得把满满一篮子红红的山枣提回家时，母亲一脸的自豪和小妹一脸的惊羡。一家人吃着山枣，笑得那个开心。而我，奉献的喜悦，染红了腮帮。

苍耳子

药用：具有散风、止痛、杀虫功能。主治风寒头痛、四肢挛痛、瘙痒。

苍耳子生长在瑶村的山野里。

苍耳子生长在安仁的山野里。

苍耳子生长在湖南的山野里。苍耳子长得到处都是。

苍耳子是什么？就是样子长得像野艾蒿，结的果实却是小刺球的那种植物。

矮矮小小的植株，散漫地长在瑶村的水洼旁、野草丛、山坡上，实在不怎么起眼。甚至连它的花也是小小的碎碎的粉粉的，附在株杆上，一点美感都没有。如果不是它的卵形刺球果实，苍耳子真的会从我们的记忆里消失。

你不知道，苍耳子小小的刺球有多可爱啊！它差一点囊括了我们童年时的全部快乐，我们那么多爽朗的笑声全是苍耳子给惹出来的。

一队小朋友，走在七月的山路上。后面的人开始发笑，中间的人开始发笑，前面的人开始发笑，大家咯吱咯吱地笑得花枝乱颤，笑得前仰后翻。走在最前面的那个人却浑然不觉，还要一脸狐疑地望着我们。我们就笑得更凶了。直到我们把苍耳子沾满了他的头发，沾满了他的后背，沾满了他的全身，他才恍然大悟，追着我们又骂又打。可身后所有的人都是恶作剧者，他能追上谁呀！我们四散开来，留下他啼笑皆非站在那里，自己捉自己后背上的刺球。那狼狈的样子，就好像小狗儿自己绕着自己的尾巴咬。

小小的苍耳子，真是个奇怪的东西，像刺猬一样长那么多刺，又轻灵得要命，小巧得要命，远远地抛出去，随便就把人的头发粘住了，把人的衣裳粘住了，却让人一点也不知晓。你笑吧笑吧，捂着嘴巴笑吧，等你还没笑够，前面的人会反过来指着你笑。原来你也被自己后面的人算计了，你身上的刺球一点也不比前面的人少。然后你还开始追你身后的人。然后你身后的人也跟着追他身后的人……

然后一队放学回家的小孩子，突然纷纷掉头朝后跑。让村庄里的大人远远看着，莫名其妙。

快乐其实来源于多简单的事物啊！就这么一些个小小刺球，让秋季里上学和散学的山路上一直充满了欢快的笑声。那么些年来，我们一直用苍耳子打仗，偷袭，欺负女生。让她们把爱哭的毛病发挥到极致。我仍然记得"哭脓包"海燕，她几乎每天都是沾着一头苍耳子回家的。其实如果她不哭，我们往她头上扔了一回二回就不会再扔了，可她一直哭。她一直哭，我们就一直扔。扔得她娘天天咒天咒地地骂我们；扔得她爹天天气急败坏地骂她，骂她卵用都没有，谁扔她苍耳子，她扔谁就是了，屁大的事情，也要每天哭哭啼啼。

如果说苍耳子给我们那一茬孩童带来了无穷的快乐，那么哭脓包海燕得除外。苍耳子唯独把海燕深深地伤害了。

长大了的海燕，离开瑶村，长期在外漂泊。有一回我与她在回瑶村的路上遇见了，我笑吟吟地跟她招呼，她却给了我一个幽怨的白眼。那一刻我才知道，海燕一直没有原谅我们。苍耳子给我童年的快乐，顿时打了一个很大的折扣。

苍耳子伤害的其实不单是海燕一个人。苍耳子把我的语文老师也伤害了。高中时，我在安仁县城读书，语文老师跟一个有夫之妇相爱。他们每个周末跑到郊外游玩，除了游玩也许还干点其他什么。开始我们并不知道，后来是苍耳子泄了密。苍耳子沾在他们的身上，沾在他们的头发里，他们不小心把苍耳子带到了城里。注意他们的人就发现了他们的秘密。然后那女子的小叔子带着一班人去郊外捉奸。捉住了，把我语文老师打得半死。再然后女子的丈夫从广州回来，跟她离了婚。我们都以为那女子总算可以跟我们的语文老师在一起了。可离婚之后，那女子就远走他乡，并且再也没有回来过。也许她恨透了长有苍耳子的地方？十多年过去了，听说我的语文老师到现在都还没结婚。也许他不会在有苍耳子的地方结婚？谁知道呢？

但别人恨苍耳子是别人的事，我不恨它，我不但不恨它，还非常感谢它。感谢它不但长在瑶村，长在安仁，还长在湖南的每个地方，连我们大学校园里都长得到处都是。我认识妻子的时候，她还不是我妻子，只是我同学。我们在校园的山坡上游玩、长谈、嬉戏。我们像普通同学那般游玩、长谈、嬉戏。可有一回，我朝她的头发里扔了好多好多苍耳子，她不甘示弱，也朝我的头发里扔了好多好多苍耳子。我们笑得前俯后仰，就像回到了欢快的童年。后来我们玩累了，就坐下来，互相帮着捉苍耳子。

揉进长发里的苍耳子是很难捉的。我帮妻子捉苍耳子的时候，不小心扯痛了她的头发，妻子皱着眉头，咝咝抽着凉气，我看她抽凉气的样子好可爱，捉苍耳子的手就慢慢停了下来，这时我又闻到她头发里清新的香波气味,还有她淡淡的体香……我心一悸,猛地像惊兔一样跳开一步。她不解地看着我,彼此看着,两人的脸就慢慢红了……

后来我们就谈恋爱了。

再后来,她就成了我的妻子。几年后,我们生了一个比苍耳子更逗人发笑的小屁孩。有了这个小屁孩,虽然城里没有苍耳子,可我们的快乐比童年时没少一分。

现在,我偶尔还会忆起哭脓包海燕和我的语文老师。如果苍耳子没有伤害他们,那我有关苍耳子的记忆简直称得上完美。

第八辑：四季农事

种

《种子的力量》，是一篇科普读物，好像入选过中学课本。里面把种子的力量夸上天了，仿佛给它们一个支点，它们也能撬起地球。事实上，搁在瑶村，大多数种子是柔弱的，得小心侍弄，才会长出如期的芽儿来。记忆中，瑶村只有桃李二种有些蛮力，那么厚的壳，用牙咬都咬不动，但你若把它们埋在地里，等到明年开春，它们竟能破壳而出，伸出满不在乎的芽儿来。除了桃李，我再想不出别的种子有这般力气了。桃李之种就好比是动画片里的葫芦娃，一个个没灾没病，力大无穷，而瑶村的其他种子则像是养在深宫里的柔弱公主，得百般呵护才是。一不小心，它说死就死了。而种子死了，丰收也就无望。所以育种在四季的农事中，算得上是重中之重。每一个育种能人也是瑶村最好的农把式。

父亲的谷种育得不错。从没种过田的人一定以为把谷子往田里一撒，它就能长出芽来。而事实上根本没那么简单。二月天气还寒，育种就得开始。父亲把灶背屋的一个角落作为育种之地。先是把谷种用冷水泡泡，冬眠的谷种大概就一个激灵醒了。父亲再用温水将它们浇浇，把它们浇得浑身燥热，一粒粒就有思春的意念了。父亲然后把它们分名别类一袋袋放在灶背屋的角落，底下垫着薄膜纸，再垫稻草，再垫棉絮，谷种放在核心，上面依次再盖棉絮、稻草、薄膜纸。这些，瑶村的农人大概都是这么做的吧？关键在于感觉，能够根据谷种的变化和日常温度，决定每天浇几次温水，是得保温还是得散热。父亲的感觉往往奇准，我们都听他的。在那个黑黑暗暗的角落，他一副神神秘秘的样子，仿佛摸透了所有谷种的心思和脾性。也真怪，每年瑶村的谷种还真数我家育得最好。好不好，也不是一句话说了算，你随便抓一把谷种，如果发芽率十有八九，算很不错了，那一般是我家的。别人家的大多是十有六七，或十有四五。有些人瞎折腾，过了一二十天，连半颗种子也不见发芽，那一筐筐谷种倒让他弄得臭不可闻，全坏了。所以二月的瑶村，父亲往往好忙，他被请到这家那家去看谷种，父亲只看一眼，或抓一把谷子嗅嗅，就能指出其要害之所在。或说干了；或说湿了。

有时父亲也会气咻咻地骂：狗日的你哪是育种呀，你是把它当过年的肥猪了，拿这么热的水去烫，还不把它给烫死？人家听了父亲的话，就一脸的羞怍。也有时父亲会摇摇头说：都臭成这样了，你还指望它发芽？人家就会欲哭无泪地看着父亲，问怎么办？父亲说：怎么办？等着讨秧吧！

别看父亲牛皮哄哄，有一年春天我家也尝够了讨秧之苦。那年父亲因一次贪杯，会错了谷种之意，把谷种全给折腾坏了。然后离插秧还早，母亲和他就出去四处挂钩，要人家到时把剩下的秧给我们。这事摊在一般人身上，也不是什么丑事。但对父亲不同，别人一看是我父亲，就会说：听说瑶村就数你的种育得好，怎么，今年也缺秧啦？父亲听了这话，往往脸红耳赤，恨不得找个地缝钻进去。等到插秧了，我们一家人先要帮着别人忙活，父亲犁田耙田，我和小妹扯秧，母亲莳田，一家人整个儿都做了别人的短工，等别人把田全部插满了，剩下的那一点点秧才是我们的。就这样帮了这家帮那家，把一家人折腾得够呛。到最后，还是有一丘田因为没秧，只能留着种麻种豆了。一家人那个怨气呀！父亲把酒碗一摔，说：你们只是累而已，我可把八辈子脸都丢光了！父亲后来再没喝酒了。

育完谷种，就得上坡种豆。豆种好说，不管什么豆，在水里泡一泡，然后一溜儿挖好沟，把豆种撒下去，用土掩了就行。豆种可算最好育的了。不好育的是红薯、蒜种、芋头。都是很奇怪的育法，把它们半截埋在土里，半截露在外面。上面稍稍掩些稻秸茅草什么的。也有艺高胆大的，觉得那么大个的红薯芋头埋在土里太可惜，就把它们一断两截，上一截埋在土里做种，下一截就煮了以度饥荒。也真怪，居然不烂，过一阵子比别人家的发芽还早。你根本没料到它会从那个地方发芽，可它偏偏就从那个地方发芽了，一发还会发好些个。红薯的芽是越多越好，芋头的芽呢，就只保留一个。外婆育芋苗有妙法，她不像别人把芋头埋在土里，她把芋头埋在沙里。她也敢把芋头一刀两断，而且两截都用作育苗，这对别人来说，万难。父亲就非常佩服她这一招。有一年父亲依葫芦画瓢，结果下半截全烂在沙里了，上半截的成功率也只有三四成。

耘

一年中，最先除的应该是稗草。秧苗长出来后，残存在秧田里的稗子随之发芽，间在秧苗之中。这时就得有一双慧眼将它们识别。初生的稗苗与秧苗，只有细微的差别，不细辨，几乎难以觉察。但我好像天生就是种田的料，六岁就能除稗。而别人家的孩子八九岁了，他们的父母还不放心他们下田除稗。我妹妹也一样，她长到十岁了，才马马虎虎分清稗与秧的区别。虽是分清了，可待在田里久了，心思一恍惚，拔出来的又有一半是秧苗。父亲这时就要她滚到一边去。

从六岁开始，我至少拔了近二十年的稗，但现在要我讲出秧苗与稗苗的区别，好像也难。这两者的区别真有点只可意会、不可言传的感觉。打个比方来说吧，如果稗与秧都是女子，那么稗就长得妖媚一些。稗的叶子稍长稍细，稗的腰肢稍圆稍瘦，稗的绿也像是绸缎上的，高雅；而秧的绿则像是土染布上的，俗气。这些区别当然并不明显，要细察才能找出，好比只看一眼，就要从《红楼梦》的众丫头中找出独具韵味的晴雯来一样，是有难度的。我这么比喻，那些书虫大概就有些伤感了，是呀，如果不因功利，谁都会更喜欢风流灵秀的稗苗些。但人是逐利的动物，只能留下"袭人"，而除去"晴雯"。

小时候我可没想这么多，但小时候我的潜意识里还是不忍将这些嫩苗放在山坡上暴晒，或者丢进池塘喂鱼。我把我拔的稗苗，偷偷地找个水洼子，一行一行插秧般地种下了。这当然不能让父亲看见，父亲看见了就会骂：老子种秧你种稗！长大了一定是个败家子！

稗的生命力是非常强盛的，无论怎么拔都拔不完，要不然农人怎会年年拔稗呢。春季拔稗只是拔秧田里的稗苗，其他田里的稗种依然在土壤里沉睡，要等秧苗插下去后，它们才开始疯长。所以插完秧没过一两个星期，又得开始耘田了。耘田分初耘、二耘。初耘用手，二耘用脚。初耘的时候，苗还矮弱，一脚扫过去，怕将它扫倒，所以只好用手。田里多蓄些水，然后用手在秧行间挠抓，水面哗哗，像鸭吃食时那般响着，稗芽及其他杂草就被搅出来了，初耘过后，水面上尽飘浮它们嫩白的细茎。初耘已是夏季，天多晴日，水已不再沁寒，这时下田就没有春天秧田拔稗时那么寒冷了，春天秧田拔稗，初下田时，就像有万箭齐齐扎在你的腿上，脚也不像是踩在软泥里，而像踩在冰碴里，痛得你直抽凉气，非得要等到双腿麻木了，你才会感觉舒服些。

夏季耘田，最怕的是蚂蟥。这东西冬眠醒来，正饿得慌，哪有水响，就朝哪跑。不要多久，就会有四五六条游过来，吸你的血，将你白嫩的小腿咬得"满目疮痍"，不忍卒睹。我妹妹就有几次被蚂蟥咬得哇哇大哭。倒不是因为痛，而是因为怕。特别是那些又肥又大的母蚂蟥，真叫人既恶心又胆寒。那次妹妹乍见自己腿上附了这么六七条，突然像见了鬼似的号一声就爬上田埂。可爬上田埂后，还是不敢动手捉那些又肥又腻的家伙，因此急得大哭。我就哈哈大笑，爬上田埂，蹲下身将那些蚂蟥捉下来，抛到别人田里。这当然是属损人利己的行为，但在当时当地也只能如此了。因为上下四周全是梯田，而这东西的生命力又极强,你赤手空拳根本无法置它于死地,弄不好它还会缠在你的手上,半天也甩不开。父母见了,就会骂你在磨洋工,故意偷懒。好在下一次别人家耘田了,他们再把蚂蟥扔回来就是了。

最恼火的是到了田中央,这时无论从哪个方向扔蚂蟥,都扔不出这丘水田。可捉着蚂蟥再去田边,又太浪费时间了,返回后,你甚至分不清自己耘到哪儿了。唉,只好能扔多远算多远了。而这东西又特灵敏,过不了十分钟,保证它又沾在你腿上了,真有点跗骨之蛆的味道。当年我第一眼见跗骨之蛆这个词时,头脑中想到的就是蚂蟥。

邻家四姐妹,生得四朵花一样。她们也怕蚂蟥,但她们对付蚂蟥有高招。她们下田时,往往不捋裤角,而是用橡皮筋把裤口扎上,让裤角包着小腿在泥里水里扫,这样一来,蚂蟥也只能望腿兴叹了。但村人对她们四姐妹有看法,说脚又不是金子做的,被蚂蟥咬几口有什么了不起?而裤子这样在泥水里扫,要不了几次,就会烂的,足见她们是些败家子。但不管如何,年轻的姑娘还是非常想仿效她们,只是不敢而已。四姐妹耘田完后,洗了脚,把裤角一捋,白花花的肉没有一点瑕疵,爱美的姑娘谁不羡慕呀?四姐妹后来都像我一样,泥腿子进城了。倒不是因为书读得好,而是都嫁了城里人。

初耘过后,隔一个月,站在田埂上看,就发现有些禾行间的草特别显著,一家人就互相取笑初耘时彼此是浑水摸鱼。父亲最爱较真,偏偏他的记忆又好,就一五一十把初耘时的情形讲出来了,细一算,那些草茂的禾行多是我与妹妹的"手笔"。这时我与妹妹只能一脸羞红地站在那里,任父亲讥笑。

开始二耘。二耘先要把田里的水放干,然后每人驻根拐杖,用脚在禾行间横扫,把杂草和稗苗扫倒在烂泥里。二耘本来是有章法的,脚先从哪行开始,又到哪行结束,这样才能最大限度地把杂草扫倒。父亲教过我几次,但我嫌呆板,就没照他的法子做。效果自然要差些,但差些就差些吧，如果一项枯燥的工作还要一成不变地规矩化，那真叫人没法活了。

二耘因为水少，蚂蟥没法及时游过来，泥腿就免了蚂蟥之灾。但二耘时，禾苗已长成了狰狞之相，只要细看，就会发现每片禾叶都有细锯般的齿沿，人腿扫过时，禾叶就会在你的腿上一下一下地锯。每天散工之后，你爬上田埂，腿上横七竖八的伤痕就非常的明显。也不会出血，只是微微的肿，微微的一些红印。不痛，只痒，痒得你晚上睡不好觉，梦里你的双脚都会擦来擦去。隔些时日，脚上就会起些淡黄的水泡，然后溃烂。再慢慢结痂，变好。我问母亲为什么会这样。母亲说禾叶毒着呢，想要它长出这碗饭可不容易。日后做什么都好，就是别做农民了。

痂刚掉，脚刚好，时节大概是五月端午左右，禾苗开始抽穗，而那些杂在禾蔸里的稗草也开始抽穗。杂在禾蔸里的稗草，初耘二耘都无法除去它，抽穗时就高出禾苗老大一截。这时就得再次下田拔稗。我在散文《田垅上的婴儿》中记叙的就是这时节的农事。读了那篇散文就会知道此事的辛劳。再要提起，不免又会心酸。不过这时拔稗也有一件趣事可记：就是瑶村有个民俗，端午节那天把拔下来的稗草连根带泥往墙壁上扔，沾上了，就会保佑整个屋子一年都不生白蚁和其他虫子，而且还能避邪。所以端午节那天，我们小孩拔稗就特别积极。把拔出来的稗草拖回村庄，然后一蔸一蔸朝自家墙上猛甩。啪嗒，啪嗒，激起泥巴四溅。很快，墙上就长满了绿色的尾巴。尾巴的根部则是一朵画都画不出的泥花。一时屋前屋后尽是些快乐的笑声和惊呼声。我们当然不管这种仪式能否保佑我们什么，我们要的就是当时当境的刺激。这种略带破坏性的行为的确太刺激了，现在想来，我都还有些血沸的感觉呢。村庄本是土墙，连根带泥沾上稗草，也不觉得怎么丑，只是觉得滑稽，不免就要乐呵几天，清贫而辛劳的日子就这样如风般流过。

以上是田里除草，地里除草当然又是另一番光景。陶氏有诗：种豆南山下，草盛豆苗稀。晨起理荒秽，带月荷锄归。这首诗有点像现在青年哥哥提倡的口语诗，几乎就是说明文。但我每读一次，心就忍不住颤一次。特别是那句草盛豆苗稀，一下子恢复了我有关瑶村的很多记忆。东坡那山叫芒棘山，我家的土地大多在那片山坡。春天把豆种播下了，几场雨水下来，豆发芽草也跟着发芽。到了初夏，就长成了郁郁青青的一片。这时田里初耘刚刚结束，再到地里去看，就几乎看不到豆苗了。草太茂盛了，把豆苗全给遮住了。一家人就选个晴日，早早起来，背着锄头，提着土箩去东坡锄草。

这也是个细活儿，下锄时要十分小心，不然就连草带苗给薅倒了。父母锄草时，我和小妹跟在后面拾掇，将草根上的泥巴磕出来，再将草放进土箩里。这时回过头再看，才有诗中"豆苗稀"的情景，而起初是"草盛苗不见"呢。这样一路向前，脚下的那片土地就像剃头师傅给剃了一般。所有的杂毛乱草薅去了，只留下一蔸蔸俏巧的豆苗，颇有点像乡村小儿头上扎的鸡毛帚。土地经雨水淋，经阳光晒，原本已变得呆板灰白，像一件穿旧了的衣裳，这会儿给锄头一刨，把下面的新湿翻上来了，地就像染了一回嫩黄，而且蓬蓬松松，像一块蛋糕。

在这样的日子，当头的阳光是猛烈的，而劳动的心却是愉悦的。父亲和母亲一边锄草，一边琐琐碎碎说些家事村事，我和小妹在后面听着，似懂非懂，偶尔也问一两句。足够大的风从坡走过，带来的凉爽几乎可以与烈日抗衡。风走过时，万千豆叶一一翻举，露出绿白的叶底，一副副欣欣然的样子，劳动的我们就以为与自家豆苗的心思是相通的。心，于是甚悦。

耕

有些人勤劳,趁冬天无事,就把田犁了一遍。冬耕的好处是,一来可以把土里翻出来的虫子冻死;二来可以让翻下去的稻茬及时腐烂;三来可以不让土地板结。我父亲是那种既不勤劳也不懒惰的人,他看别人行事,若瑶村冬耕的人多,他有些不好意思,就会赶在早春把自家的田也犁一遍。早春犁田,一样可以达到以上三种效果。过完年没几天,父亲就把犁具牛枷往肩上一扛,牵着牛出去了。然后空旷的田野里,一整天就听到他吆喝牛的声音。那些还在互相拜年的村人远远看见了,不管认识不认识,都会扯着嗓子打招呼,夸父亲勤劳得让人受不了。

种了紫云英的田,则要等到春末才犁。紫云英开遍的田野,美得让我都不知怎么形容好。那些紫色的小花,千万朵聚在一起,引来蜂团蝶阵,热闹非凡。那些时候,我们常常像一群射雀,尖叫着朝里面扑,然后乐不可支地在云锦般的紫云英上滚来滚去,追逐打闹。我们的快乐,狗们是不懂的,狗们狐疑着细眼,看我们一会儿,然后东施效颦,在田野的另一边追逐、翻扑、剪咬起来。这样一来,倒弄得我们一脸莫名的惊诧。

紫云英花开最旺的时候,往往也是它们生命终结的时候,父亲锋利的犁铧像一把披刀,从中间,把紫云英劈成两半。然后像削面似的,把土地一卷卷地削起来,纤弱的紫云英就被翻到下面了。没半天时间,云锦般的田野就只看见鱼鳞般的黑土了。也还有些零散的花没被整个翻下去,从泥块的隙缝里斜斜地冒出来,像深水里伸出的一只只求救的手。那绽开的花儿也不像笑眉笑目的样子了,而像是咧着嘴在哭。那时,我的胸口也像被压了一块大土,心中一片忧伤。

有些田整个冬天都用水浸着,叫泡冬。春天把水放干,再犁。泡过冬的水田泥鳅鳝鱼特多。父亲犁田的时候,我就系个鱼篓一圈一圈跟在后面。春天虽然来了,但泥巴里的鳅鳝还不知道,犁铧将土地一翻,就把鳅鳝从晕睡中惊醒了。惊醒的鳅鳝,在泥水里乱蹦,但藏身的技艺由于久不操练,早生疏啦。这时我用食指和中指一钳,就钳住它们丢进鱼篓里。往往一丘田下来,鳅鳝也可捉半篓子。与紫云英比起来,这种记忆又是另一番光景了。

最怕的是夏天耕田。等割了早稻,一天也不能停,就得把田地翻松再插晚稻。那些时候,天热得像烧了火,繁杂的农事让人们忙起来又像在救火。炎天炎地里,其他生灵都病恹恹地在村庄蛰伏,只有村人在阳光下影子般飘来窜去,从日出忙到日落。

脱粒后的稻草也不扎成秸了,而是就地撒开,厚厚的一层,把土地全遮住了。犁紫云英时,由于根土相连,很容易就将紫云英翻下去。可这回不成,田犁完了,却还有一半的稻草浮在上面。怎么办?用脚踩下去呗!父亲犁田一般是在上午,而耙田是在下午。中午太热,父亲体恤老牛,就放它在树荫下凉快去了。太热的中午就留给我和母亲了。我和母亲一人拄着一根拐杖,她从田那边开始,我从田这边开始。

踩，踩，踩，用力把稻草从泥块缝里踩进去。可这要死的泥巴晒了半个夏季，虽经水泡，却依然夹得两腿生疼。我小小的麻秆似的腿从泥巴缝里踩下去，要不就让射出的泥水溅得满身都是，要不就被泥块夹住了，拔都难拔出来。而当头的阳光，又烤得两耳嗡嗡轰鸣，让人几欲昏倒。有时踩到一半，我突然站在田中央猛哭起来，披头散发的母亲这时也没个好声相，她喝一声：哭什么？！哭什么？！哭死！不想踩了就滚回去！听母亲这么说，我有时就对抗似的踩得更急了，有时也真的溜上田埂回家了。在半途的池塘边洗了泥腿，腿倒是白了不少，但表皮磨得点点红红，恍若星星；肉里面还红一块，紫一块，黄一块。显然都是给泥块夹伤的，而当天为红，次天为紫，隔天为黄。这肉伤也真他妈的日怪。我一路骂骂咧咧地回家，发誓长大后再不让自己儿子遭这份罪了，我要把稻草全部就地烧光，哪管它烧了后有没多少肥效！我就不信这么把稻草踩在泥下，晚稻能多收出三五斗来？

我发现，恰当的劳动可以产生亲和力，使一家人和和美美的；而劳动一过度，特别是长期过度，就会把一家人隔离起来，一个个然后像生了仇似的。

耙田的时候就好些，不管是春天还是夏季。我的任务一般是撒肥。我在前面撒肥，父亲在后面耙田，这时总有一些八哥、乌鸦什么的，在露出水面的土疙瘩上蹦蹦跳跳，啄食被翻出来的土虫；燕子也来，但燕子不停落，而是斜斜地朝水面一剪，就把虫子给叼走了。有时虫子叼起来又给掉下了，燕子就会竖起身子，把两片翅膀朝前扇着，好像要用翅膀合抱住什么似的。哎，那姿态真有说不出的优美。翅风还可把水面吹出个酒窝似的小漩来。待发现掉落的虫子了，燕子一低头，啄起来，很快飞开了。那时，不单是我和老牛，还有父亲，都会驻足不前。我偷眼去看父亲，发现那张焦皮似的脸上竟有稚嫩的笑容。我就想，很多时候父亲的心仍可与我们相通，是繁重的劳动才把我们的距离拉得很开。繁重的劳动把父亲那颗稚子之心蒙上了苍老尘灰，有时父亲不经意的一笑，就把那层灰给抹去了。

　　母亲也能这样。有时在劳动的缝隙，母亲停下活计，抬起手拢拢耳边的碎发，用一双迷蒙的眼睛看着远方。那时也可以依稀看出她有梦的少女时代来……

割

　　生产队的时候，父亲总是很早出门，割一担草回来，再吃早饭。父亲把割回来的杂草撒在牛栏里，让牛吃猪嚼，剩下的就让它们踩踏成肥。那时我还很小，父亲是什么时候出门的，我不知道。我只记得父亲拿着镰刀回家的情景。父亲推开家门，就有一缕清新的阳光从外面温柔扑进来。我抬头去看父亲，先是看见门口一道灰影，隔一会儿才看见立体的父亲，及父亲身上的细节。父亲的衣袖和前襟是湿的，那是早晨的露水打湿的；父亲的后背也是湿的，那是汗水浸湿的。父亲回来后就拖条板凳在门口的阳光里一坐，那时母亲就把一碗热腾腾的稀饭端上前。一家人没几句话，但很温馨的样子。

　　父亲喝了一碗稀饭，有时也说一些话。无非是谁谁谁比他起得更早；谁谁谁把他昨天看好的杂草给先割了。但有一回，父亲出门遇稀奇事了。父亲一不小心，就把草丛里的一条长蛇给割成了两截。就在同时，长蛇也咬住了父亲的手指，父亲站起来时，蛇头还咬着他的手指甩不掉，伤口处滴血如珠。那回父亲也骇得不轻。草没割满就回家了。

当天父亲的手指就肿得像个蛇头,颜色则如紫茄。母亲心急如焚,四处寻找蛇药,后来在黑麦家找到了。黑麦家的小四拜了一个捉蛇人做师傅。捉蛇人走时给他家留下不少蛇药。这些我在散文《巫韵飘荡的大地》中有过记录。父亲的性命总算是捡回来了。

这件事使稚小的我一开始就获得了某些乡村经验:即便是简单的农事,有时也会暗藏某种凶机。这就让我在后来日复一日、年复一年的农事中,始终保持着警惕之心。

我是从割猪草开始走进农事的。那时家里贫穷,人苦,猪也跟着受苦。那时的猪潲不像现在,现在的猪潲是半糠半米,猪还一副爱吃不吃的样子。那时的猪潲则是半糠半草,有时糠吃完了,就全是草了。不过,再怎么穷的猪,也有挑食的毛病。不是所有的草都能做猪食,猪爱吃的一般是一年生的草本植物。比如马齿苋、冬莴、荠菜、野艾、蒲公英什么的。小时候,我常跟着村里的小孩一起出门割猪草,特别是在缺草的冬季,几乎每家的小孩都有割猪草的任务。我们每人肩上挎个篮子,一群人在旷野上走走停停,像冬天一群觅食的麻雀。那呼朋唤伴的叫声也像一群叽叽喳喳的麻雀。远远听,一个字也听不清,只有一团杂音在旷野飘来荡去。

没草时,大家漫散着步子,东瞧西望;找到草时,大家就争先恐后,镰刀嚯嚯。别看大家都差不多大小,又都在一起割草,可就是有敏捷和笨拙之分,有的孩子用猪草把篮子灌得满满的了,可有的孩子的篮子才刚刚及半。我呢,当然是那些敏捷孩子中的一个,所以事隔多年,我还依然记得最初的那一点点满足和虚荣的感觉。要不然我可能没那么好的心境来重叙这些破事。嘻嘻。

一年割事最辛苦的要数夏割。夏割的时候,只有早晨能做一段好事,早晨太阳还没出来,夜里被月光吸上来的地气还没消散,空气湿润,露珠闪烁。这时割禾也多少算是享受。但太阳一出来就不成了。

太阳一出来，露珠很快消失，四周弥漫一种火燎似的燥气，脸颊马上会有一种缩水般的拉痛。这种拉痛一会儿就波及了背部，虽然隔了一件衣服，但你依然感觉背部像一张黄牛皮那样被太阳暴晒。汗被蒸发后，只有白花花的粉盐像把衣衫给浆了一遍。盐分从人身体内逃出来后，却不与人合作了，反而配合太阳，想把人腌成咸烤肉。皮肤整天就一直这样痛辣辣的。

没风，空气像一锅煮浓了的粥，荡都难得荡漾一下，你只能靠身子起起伏伏时扇出一丝丝风来，但禾叶尖尖，你起伏间得小心避开它们，要不然它们就划着了你的脸，戳着了你的眼。你想抬手去擦，一手脏汗就全进了眼睛，那时盐分会毫不留情，咬得你眼睛都睁不开，你一灰心，就想哭，但两片唇一碰，才发现它们已燥得像两片烧焦了的碎木，早就没知觉了。这时你才知道哭不出是一件比哭更难受的事情。你泪眼模糊地割着稻，一不小心就把手指给划伤了，你身子一颤，丢掉镰刀和稻禾，把划伤的手指捂得紧紧的，但血还是一滴一滴，顺着手缝流出来了。母亲在一边冷眼看着，然后冷言道：算了，你回去吧！总算是上帝保佑，你终于可以回家了。在这种时候，受伤是一件多么幸福的事情啊。怕只怕伤口割得不深，没掉两滴血就不掉了，那时即使母亲叫你回去，你也不好意思走。待要再割，散乱的禾叶就会时不时在你的伤口处惹一下，你就更难受了。

相对而言，秋割要好多了。秋割时阳光温和，也有些风，天气不冷不热。一家人说说笑笑，闲聊着就把一丘稻禾给解决了。秋割时不要赶时间，不要抢着把稻子割了再插秧，所以快点慢点也无所谓。慵散的时候，我和小妹就撇开父母，拿把镰刀跑到田头，然后像老鼠打洞般割着窄窄的几行禾在田中乱闯，半晌时间，好好的一丘稻子就被我们"画"得零七乱八。像《地道战》里的一张平面地道图。父母也不会说什么，既然这样能提高我们的割禾积极性，他们做个顺水人情，何乐而不为呢？

　　精神饱满的时候，一家人就数了禾行，展开割禾大赛。我十三岁那年，家里就数我割禾最快了，我一个人"冲锋陷阵"，最先把缺口撕到最里面去了。那时我真有一种说不出的成就感，那是我第一次战胜母亲！母亲年轻时在瑶村是出了名的割禾快手，但随着年岁的增加，她终于得"让位"给她儿子了。我想那一回，母亲一定也有一种说不出的自豪感，因为不到几天，母亲就把我割禾比她快的消息传遍了整个瑶村。我不知道那一回是不是母亲为了满足我的虚荣心，故意让我？

　　但事实上，母亲和父亲的确过早衰老了，等到我十六岁那年，母亲父亲和小妹加起来，也没我一个人割得快。一丘田分成两半，他们三人割一半，我一人割一半，往往我割的茬口还在前头一些呢。这时我突然发现，这赛比起来就没什么意思了，我有些"持镰独寂寞"的意味了，很多时候，我的内心空空落落的，却说不出因由。我听说邻村的青苗在她们村割禾没碰到对手。我见过青苗，挺丰满的一个妹子。我希望她能来我家，那我俩就有得一比了……

　　也是从这时起，我发现在这个家，我逐渐取得了某些话语权。父母很多时候也不拿什么主意了，他们宁愿听我的。比如我说什么时候出工，什么时候散工，父母一般都依，即使不依，也会向我说明缘由的。然后我就知道：我长大了。

第九辑：村庄琐忆

父品·母品

瑶村动物们的爱恋都是世俗的。比如说狗吧,公狗母狗平时并不见关联,突然想来事了,就用最直接的方式插入,一会儿就套牢了,打也打不散。

而瑶村植物们的爱恋都是精神的。一株花,一株草,经过一场自恋的东风,让人不明白是怎么回事,就珠胎暗结了。就算是雌雄异体,纵然情意缠绵,也兀自站在那里怯怯地不动,非得要靠蜂蝶来牵引,才羞羞地结合了。

在瑶村,雌雄异体的植物不多,记忆里只有袁氏的杂交水稻是属这类。雄的叫父品,雌的叫母品。父品和母品的爱恋可算得上瑶村植物界一场空前绝后的精神浩事。那种奇异的花香,至今还能穿透时空的隧道,传播到我的梦中来,以致我好些回梦醒,还觉鼻息间有淡淡的余香。而当时那种盛大的场景,我每回忆一次,都要莫名其妙激动好久。我想,袁氏之所以几十年如一日搞杂交水稻,大约是迷上了水稻这种声势浩荡的精神恋爱了吧?对他而言,与这样的爱恋相依相伴,也许是浊世红尘中最高的享受呢。要不然,谁会为名为利,在那些蚜蚊丛生的田垅上站那么多年?

早春,先把挺拔颀长的父品栽下水田。让它们手挽着手,围成一个个方圈,好比部落社会里一个个家园。一周有余,纤瘦的母品才姗姗来迟,一枝一枝站在白水中间。文静,弱小。像童养媳那般无辜。让人生怜,却难起爱意。按人间法则,父品和母品其实是不般配的。但不急,圈在父品怀抱中的母品,见风就长,见雨就蹿,才一个多月,就长出了女性的妩媚来。特别是抽穗时,那枝包裹穗心的长叶,美得就像孔雀尾部那最长的一羽,风轻轻而来,叶徐徐招展,整丘田都沉浸在一种说不出的韵味之中。

置种。把父品和母品搭配在一丘水田中,就是为了置种。即为来年置备种子。置种比栽平常的水稻划算,所以曾有几年,瑶村所有的水田全置种了,口粮反倒要到村外去买。置种划算是划算,但辛苦,比操办一场婚礼不少伤神。操办一场婚礼只要几天,置种却要好几个月。且麻烦得很。育秧、移栽、施肥、除草都要特别小心,等到花期到了,又有另一场忙碌需要村人全身心投入。

好笑的是,忙一场婚礼,往往是忙着把新娘子打扮得漂漂亮亮的。置种不同,等到花期到了,却要把母品超过花穗的叶子摘掉,就连那片最妩媚的长叶也不例外,说是为了扩大授粉空间。摘掉了叶子的母品,就像只被拔毛的秃鸡,这个比喻可能过了,但少了那些叶子,就像把一头瀑发剪短了,那份妩媚,怎么看,都减了三分五分。现在想来,作为科学家的袁氏,内心其实是世俗的和物质的。换成唯美的我,就算忍着减产之痛,也不会说出这个秘密。而只要袁氏不说,傻傻的村人又怎么知道要赶在花期来前,把母品妩媚的叶子从中摘掉?

端午节后,花事如期而至,村人在浓郁的花香中一个个快乐莫名,兴奋莫名。村庄在浓郁的花香之中也如梦幻般不真实起来。有风的日子，橙黄的花粉到处飞扬，迷茫了村人的眼睛；无风的日子，奇异的花香浓稠至极，充塞了村人的鼻息。村人迷眼惺忪，意绪飘浮，虽头顶一轮烈烈太阳，日子却过得如月夜般虚幻。有时在金属般的白日之下，竟有惨惨虚影在眼前晃荡，那情形就像一个瘾君子似的。现在我猜，那时的村人也许集体患上了花粉瘾症？

父品的花橙艳艳粉嘟嘟的，沉沉垂在那些颀长的禾叶之下。母品的花小小弱弱的，只有一蕊，从两片青嫩的谷皮中吐出来，如邻家小妹调皮的舌尖。

村人们这时要做的，就是拿条长篙，跑到田里，横扫过去，把父品的花粉高高地扬起来，碰巧让母品那一蕊舌尖衔住了，母品那两片呈V字形张开的谷皮就会徐徐合上，一颗种子就这样成了。千万蕊舌尖碰巧衔住了父品的花粉，千万颗种子也就这样成了。

这种人为花媒的农活叫作赶粉。赶粉一般是在无风的正午，头顶是烈烈的太阳，脚下是凉凉的温水。一篙扫过去，就会扬起一团金橙色的粉雾。一篙扫过去，仿佛扫粉人的心也徐徐展开了。五月的瑶村，其他植物的花事早停歇了，唯有一丘丘水稻花事正旺，所有凑热闹的昆虫都赶来了，一篙扫过去，那些蜂呀蝶呀和一些不知名的小虫子就倏地惊飞起，旋即又款款落下来。那种翅影之美，真不是我用语言能形容得来的。

……说到这里，我得说说兰花了。我想如果不是兰花，我也不会写这篇文章。我在《丽日下的村庄》里说过，小妹妹兰花是三青的嫂子的妹妹，她来瑶村帮大姐插秧，就与我们玩得熟了。那时瑶村每一个像我这么大小的伢子都对她心生慕意。但三青的嫂子死后，兰花为了照顾大姐两个未成年的孩子，就嫁给了三青的大哥。把一村子少年的心都伤着了。这都是以后的事。现在我要说的是赶粉时候的事。我记得赶粉的时候，兰花从很远的家乡来瑶村帮她大姐赶粉。我记得恰巧有那么一个晌午,在一个野坳里赶粉的,只有我和兰花两人。我记得我家的稻田与兰花大姐的稻田挨得很近,我们没有说话,只听见彼此的长篙扫过禾叶的声音。而扬起的花雾,把我和她都浓浓地罩进去了。我记得当时我心跳异常,满脸燥热,仿佛自己就是一枝扬粉的父品,或者一枝吐蕊的母品。当然,这得看兰花的意思了,如果兰花是一枝父品,我就愿自己是一枝被拯救的母品;如果兰花是一枝母品,我就愿自己是一枝被感激的父品。我估计那天兰花的心思与我是相同的。因为上了田垅后,我偷眼去看兰花,发现兰花也满脸燥红,她的目光躲躲闪闪,仿佛一坳花事全藏在她心中了。我在《村庄生灵》里也提过兰花。兰花跟着我们捉螃蟹的时候,被螃蟹钳破了葱指,是我用嘴替她止血的。从此后,我与她就比别的孩子稍亲一层。

赶粉的时候,我大约十六岁,小妹妹兰花十五岁。我非常欣慰我们这种意绪朦胧的关系,我觉得全世界再美的事情莫过于我们此时的情怀。我以为男女之爱到此就已达到了极致,那种纯粹的心灵共颤精神相依,就是男人和女人一生一世的爱情。

但我的这个梦幻很快就破裂了。初三时,学《生理卫生》,有一章是介绍生殖的。那些知识对我来说,无异于一个灾难性的打击。我怎么也想不明白,高贵的人类,也得像瑶村的狗们一样,要有实实在在的插入,才能生出孩子来。这实在是造化戏人啊。想起这些,我就老忍不住想呕。对兰花那些波逐浪涌的感情,也渐渐在心灵的某个角落,蛰伏下来。

若干年后,兰花嫁给她姐夫时,我除了伤感,并不绝望。我与兰花就这样保持一坳的距离,如水田里的父品母品,一直生活在瑶村。很多年过去了,在我心中,还是兰花最亲,就算是给我生儿育女的妻子,也没兰花亲。兰花亲得纯粹而圣洁。

玩仇时代

一到梅雨季节，瑶村的雨就像止不住泪的怨妇，是那般没完没了。

雨下起来后，困守在家里的我就莫名其妙地烦恼，湿湿的地面和湿湿的墙壁上，爬来爬去的是些悠闲的湿湿虫，我每天能做的事，就是将爬出来的湿湿虫一只一只弄死。

天终于晴了，走出家门一看，村庄里所有的事物都陌生得认不出了，与梅雨来前相比，或大了一圈，或高了一蹿，或变了颜色，或换了模样。瑶村的人呢，倒是没变，只是一个个看我的眼神怪得很。我走过去，向秋生搭腔，但秋生一扭头就神气地走开了，我又去向国发搭腔，国发撇撇嘴，也没理我。我的心一下子像从高处摔下来了，我呆在那里，被早晨明晃晃的太阳照着，像根木桩。后来我看见豆花从我身边经过时瞧了我两眼，我就问：豆花，怎么都不理我了？豆花边走边说：你别问我，我一出门，明生就告诉我大家都跟你结仇了，要我也别理你。

我突然有种流泪的冲动，我跑回家，把自己关在屋里。我实在想不通他们干吗都跟我结仇？这七八天我一直在屋里待着，没招惹他们一下，他们没理由跟我结仇，可他们现在居然都不搭理我了。

我不太吃饭，母亲问我为什么，我说他们都不理我了。母亲又问为什么，我说我也不知道。母亲就说：你先吃饭，吃了饭，我去问他们干吗不理你。我看着母亲，泪流满面。

我把自己关在家里，等母亲回来给我个答案。但农活太多了，母亲一出门就把她的承诺给忘了。晚上我又没吃下多少饭，但母亲连我不吃饭的原因也给忘了，或者她根本就没注意我晚上没怎么吃饭。

我一个人在村庄东游西逛，感觉无聊极了。然后就整天整天待在家里，背个凳子站在窗边，看阳光下的仇家们是怎么玩的。我偶尔哐一声，恨恨骂道：有什么了不起？！

后来有一天，天美跑到我家窗户边。隔着窗子，天美怯怯地对我说：我们一起玩吧？我瞪着眼睛问她：为什么？她说：他们都不理我了。我又问：为什么？天美委屈地说：我也不知道。我就从凳子上跳下来，跑出去对天美说：好。

我和天美玩得仍然孤独，但总比一个人强多了。隔了一阵，冬生跑过来也要求跟我们和好，我和天美就知道那边的人又不理冬生了。后来又有天发、四猛、宗贵跑来跟我们和好，我们这边的人数就慢慢多起来了。有一天，豆花也要求跟我们和好，我没同意，豆花就哭哭啼啼地走了。

两边的人都不理豆花，豆花只好一个人玩。但豆花一个人没玩过一天，就掉进池塘淹死了。当天瑶村的人都没在意。直到第二天豆花的尸体从池塘浮出来，大家才知道豆花出事了。豆花的母亲抱着豆花的小小身子哭，边哭边诉，说以为昨晚豆花去她外婆家了。

其实我并不讨厌豆花，豆花长得秀秀气气的，我不知道当时我怎么就没让她跟我们和好。豆花埋在芒棘山里，我一个人偷偷地去看了豆花的坟。豆花的坟很小很小，我去看她时，有一只蜂绕着我飞来飞去，我心慌意乱地匆匆离开。等我跑回村庄，再跟天美他们说话时，就发现天美他们又都不理我了。

　　天美他们不但不理我，也不同以前的那一班人好。我一个人玩着害怕，就去找以前与我结仇的那班人，我可怜兮兮地对他们说：我想跟你们和好。他们转身都望着我，有些人同意，有些人不同意。不同意的以小兰为首。小兰家跟我家是世仇，小兰的母亲跟我父亲吵架时，当场脱下裤子向我父亲示威，骂我父亲很难听的话。吵完后，两家就结仇了。现在我去向他们求好，同意跟我好的三四个人就从小兰他们那里分离出来了。这样村里的小孩就分了三派，后来又分了四派五派……

　　隔了一年，村里又没有一个小孩理我了，我从村头走到村尾，又从村尾走到村头，结果发现村里所有的小孩谁也不搭理谁，都在各玩各的呢。发现这个，我就再没兴致跟别人好了，我渐渐习惯了孤独。

　　后来，我们在彼此的仇视中慢慢长大。再后来，很多人离开了村庄。

野茄子

野茄子一颗颗如算盘珠大小。之所以叫它野茄子,大概是因它成熟后,当阳的一面红里透紫,与茄子的颜色差不多。

野茄子是一种蒲类植物,沿着地表匍匐生长。在瑶村水气充足的山沟边,如果没有灌木丛和其他蕨类,就必有一小片一小片地毯般展开的野茄子。

野茄子是不是野草莓呢?应该不是的。如果野茄子是野草莓,那么故乡瑶村另一种类似草莓的植物又是什么呢?野茄子虽然不是草莓一族,但其味道跟草莓有点像,并且更胜三分。童年时,我们可没少享受过,一个个常把牙齿吃得紫黑紫黑。

摘好的野茄子,我们不喜欢用竹篮装着。凡有野茄子的地方必会生长穿茄草。穿茄草细丝般的长茎柔韧有力,我们顺手扯下来,就用它穿野茄子。由于不知它的名字,就叫它穿茄草了。

现在你能不能想象出那是一副怎样的情景?想象在瑶村六月绸缎般的阳光里,孩子们把一颗颗珍珠般的野茄子穿成一串串,扎成圈,套在脖子上的样子？承接着阳光雨露的野茄子，当阳的一面紫红紫红，而背阳的底部却白里透红。那种颜色的过渡与搭配，是我后来见过的所有珍珠都无法比拟的。把这样的"珠子"套在脖上，那些清贫的日子就显得富有起来，衣衫褴褛的孩子们跟着就有了一些华贵之气。如果把这样一串珠子送人，送给我喜欢的兰花，又该怎样来形容这番醉心呢？

兰花的姐姐嫁到了瑶村，兰花就经常来瑶村玩。兰花的家乡没有野茄子。那个深夏，我从浓稠的阳光里推门而入，把一串珍珠般的野茄子往兰花脖子上一戴，然后满脸羞红地一转身，又投进深水般的阳光之中，身后，是兰花娇俏的一声惊叹。从那时起，我就以为兰花长大后必会成为我的婆娘。

但长大后呢？长大后兰花没有成为我的婆娘。兰花的姐姐死后，兰花为了照顾她两个小孩，就嫁给了自己的姐夫。这种结局其实并不是偶然。现在想来，其实我们童年的某些细节，就预示了我与兰花这样的结局。

是在杨冲坳一个有泉水的地方，汪汪的一泓泉水在阳光下一副清澈无辜的样子。我仍然记得兰花用手掌捧水喝的样子，泉珠从她半透明的指缝里漏下来，飞花碎玉般地在泉面上乱滚，吓得泉面上的梭子虫梭来梭去，慌张得没了主张。像我的一颗深藏异想的心。

喝完水，沿泉而上，就看见那块野茄子了。野茄苗长得葱茏青翠，上面的野茄子颗颗肥圆鲜美，由于没有别的乱草杂木，颗颗野茄子聚在那里，就像一盘没下完的弹子棋。这种情形，莫说是兰花，就连我也是很少见的。我与她冲上去，就彩蝶翩跹般地忙开了。我一边摘一边想，若把这些野茄子穿成一串，给兰花戴上，那该多美啊。我完全没有去想，这么多这么肥的野茄子别的小孩怎么没发现呢。如果我这么想了，我就一定能注意到周围的危险。

当兰花发出一声尖叫时，我才注意头顶上那硕大的黄蜂窝。蜂们显然被我们的近距离接触惹怒了，正在不安分地围着蜂巢飞。我刚想叫兰花伏下，兰花却如惊鹿般跳开。而人一跑，就会形成一股风，蜂们听到风声，就会跟风出击。然后我就恍惚看见一支利箭朝兰花射去！可怜的兰花哪跑得过黄蜂啊，七八支蜂刺最后全扎在了兰花裸露的腿上。兰花先是吓呆了，等黄蜂退去好一会儿，她才嘤咛哭起来。而我知道，真正的疼痛和不适还没有正式开始。我站在那里，内心如焚，却一点办法也想不出。当时我多希望这些蜂是叮了我，而不是兰花。

尽管我用嘴帮兰花吮吸了腿上的毒液，又用村庄的土法子用尿拌湿泥帮她揉搓伤口，但半小时后，兰花彻心彻肺的啼哭还是在骄阳下的山野如期响起来。我别无他法，只有陪着她大把大把地流着泪。

而后整整一个夏季，我都思谋着如何替兰花报仇。但蜂巢实在太大，我对付不了它。最后我也被黄蜂叮了几口，才不得不放弃了。

若干年后某个阳光明媚的晌午，我立在西方那则神话寓言故事的前面，想起兰花与我曾经的事情，忍不住心酸一笑。书上说的是苹果，而我们则是野茄；书上说的是蛇，而我们遇到的是黄蜂。而情形却是一模一样的，所以我们的结局也许是注定的了⋯⋯

不同的是，亚当和夏娃不听忠告，他们结合了，所以生活的毒蛇时不时要窜出来袭击他们，让亚当恼了又恼，隔不了多久又把夏娃退还给上帝。我与兰花没有结合。所以阳光下那片甜美的野茄就一直保存在我们彼此的心中，而高高悬挂的蜂巢只在虚念中的某个角落蛰伏，再没有出来闹过一次事。

或许有些失落，但我能够坦然接受这种生活。真的，我早说过，兰花是谁的妻子并不重要，重要的是兰花就生活在我们村庄，在我身边，她的一颦一笑，我能尽收眼底，这就够了。

那棵树怎么死了

池塘边的那棵柳树死了。

柳树是我小时候插的。我离家外出那年,柳树已长成了楚楚动人的模样,在风中,它斜舒柔枝,像村口母亲飞扬的衣角,都一副要留我的心思。多少年后我回到村庄,母亲还在,而池塘边的那棵柳树却死了。

我问母亲那棵树怎么死了,母亲漫不经心地说,谁知道呢,村里很多人先一年还活得好好的,第二年就入了黄土。死哪是一件说得明白的事情呢?

也许是吧,树之所以先于母亲、先于我离开人世,这只是偶然。也许是在我离开的那些年中有一年突然天旱,池塘枯了,树没了饮水,树就死了。也许是有一年冬天没下雪,来年树上的虫卵变成虫,一下子把树叶吃光了,树就死了。又或许是一只甲虫看中了稍带甜味的柳杆,钻进去,就赖在里面不肯出来,然后子又生孙,孙又生子,将树蛀空,树就死了。……总之,树死的方法同人死的方法一样,有成百上千种。

　　树是我亲手栽的,树的离去同一个亲人的逝去没有区别。原以为我漂泊在外,树还会是当年那副枝繁叶茂的样子,在村口陪着母亲等我回家呢。可如今我赶回家时,等待我的只有树站立的枯骨。

　　树一直在盼我回家吗?树有什么要对我倾诉的吗?生的时候那么婉约的柳树,死了却以一副狰狞的面孔示人。那么多年没见了,树一定有一肚子话要对我说。

　　我亲手将树带到人世,树也该给我个交代,是不是啊?它怎能不等我回家就一声不响地离去呢?我抚摸树身,我摇晃树干,枯枝在上面嘎嘎作响,这或者就是树所留的遗言?我抬头去看,发现树的枝头缠着几截枯藤,我就知道树在死时有过一段极为悲烈的爱情,也许树就是因爱而死的。树死了好些年了,藤缠它的痕迹还丝丝分明,藤从一个人高的地方突然斜身上树,就再也不肯下来。藤镂刻着树干,藤扭曲着树枝,藤以寄生的方式爱着树。树不堪重负,后来就被这沉沉的爱累死了。是树死后,藤才知道自己的爱是多么累人,于是伤心欲绝,在树没死好久,也跟着死了。类似于藤缠树的爱情,在人间,也大多是以悲烈告终。女性中第一个觉醒的是舒婷,她不愿再做藤,她要站成橡树边的一棵木棉。

　　树是不是这样死的,我也不能肯定,我只是作好的揣测罢了。谁说不好呢,在人间,如果哪一个女子也这样把一个男人痴缠至死,那男人多半是不后悔的。所谓牡丹裙下死,做鬼也风流。怕就怕藤在树冠缠来绕去,久了竟生厌心,便把它昂扬的藤头伸向他处,做出红杏出墙的事来。树被藤压在身下,终日看着它与别的树亲热,这样郁郁而死,那才惨呢。我在城里做记者,就采访过几桩由红杏出墙酿出的人间悲剧,一个男子因看着妻子与别人胡天胡地,无可奈何之下,竟自己寻一根绳在梁上吊死了。我的树若属这种,那我只能哀其不幸,而怒其不争了。那么,藤又是怎么死的呢?藤也许是看了树死了,幡然醒悟,后悔莫及,就跟着殉情了。但这也是我的美好揣度,事实上,已生外心的藤是很难再生悔心的,踩着丈夫尸骨,与别的男人调情的妇人也大有人在。但这时公理人道就会出来惩罚她们。

也许是路人看了不顺眼吧,从腰背抽出柴刀,一刀将藤从根下斩断,昂扬的藤也许还能风流快活两天,但失去了供养,没多久就蔫蔫地死了。若这样,我得感谢那个路人。当然,他若没做,我回来了,也会替我的树报仇的。

我真不知道这么些年我在异乡干什么?我为什么不早些时候回家呢?早些时候回家,也许树就不会死。就算树真要死了,我也可以知道原因,不会像现在这样,瞎猜。

拔刺儿

十月十三日观李自健画展，我在一幅名为《拔刺儿》的画前驻足良久。一个背着满满一背篓猪草的小女孩，坐在青石板上，正神情专注地在自己的左脚板心琢磨什么。女孩的家犬本来是一路在前窜跃，回头见女孩坐下来了，也就折回来，将狐疑的脸眼凑得近近的。

家犬也许知道小主人遇麻烦了，但究竟是什么麻烦它就不知道了。而我肯定，现在城里从不光脚走路的孩子不仅看不出她的麻烦是什么，就连她遇麻烦了也可能看不出。还以为她不过是割归小憩，给自己的脚板心挠痒痒，或者在与自己的家犬戏耍什么呢。

那么，女孩遇啥麻烦了？画名何谓《拔刺儿》？我准备要写点东西来记一记，不是说生命重在经历，而不在享受吗？如果真是这样，现在城里孩子的生活较之我们，就有些"残缺"的意味了，我希望我的文字能让他们品识一下他们业已无法经历的生活场景。而我自己，也要靠这些文字留一点忆相。衰老已由远而近，记忆是一个漏眼越来越大的筛子，要不是李先生的油画提醒，那些痛和一些与痛有关的细节已让我忘得差不多了，这怎么行呢？如果记忆成了冬日一个毫无藻丝芦草衍生的白水池塘，那我同行尸走肉有什么区别？萨特说"我思故我在"，那挺玄乎的，浅白一点的应该是"我忆故我在"。

其实画中女孩的脚板心是扎了一根荆刺，女孩极想用手将它撮出来。一般说来，扎进脚板心的刺走几步就会陷进肉里去，是很难撮出来的，但有时也可侥幸，这得有足够长的指甲儿。先用指甲把扎刺地方的肉往里挤，趁刺儿冒出一丁点儿，指甲突然用力，撮住刺儿猛地一拔，也许就出来了。但多半出不来。如果出不来，就只能忍着一步一疼、一步一挠心的滋味回家。然后找一根缝衣针慢慢将刺儿四周的肉挑开，挑出一个小小的肉坑，刺就露出来了，再或拔或挑将刺儿弄出来就是。就像挖树桩一样，先将树桩周围的泥挖开，让树桩露出来。这其中当然也有学问，如何以最小的肉坑为代价，弄出扎得最深的刺就是学问；再者，要在流血之前将刺拔出来也是需要技巧的。孩提时，我不在行，往往拿着针一顿胡挑乱拨，刺还没找准，血就先出来了，一出血一时就莫想把刺寻着了。只能几天忍着一步一疼，等伤口结痂了，再来找刺。

这么难伺候的刺，女孩何以就让它扎进脚心了？这是因为乡村的路比不得城里干净的水泥路面，乡村的路是泥巴或石子的。泥巴和石子中往往混杂着许多植物刺儿，有叶刺，也有茎刺，大多时候是风刮雨涮把它们弄到路上来了，也有人为的，譬如不负责任的砍柴人。刺是植物的核心，植物腐烂了，刺独自留下来，埋伏在乡村的各个路段，盯着人们的光脚板，伺机咬上一口。而你又看不见它们，难免防不胜防。

那么女孩何以要光着脚丫走路呢？她或许并不至于穷得连鞋都没有。但在一年四季都得与土地亲近的乡村，大多时候鞋子是多余的，就算有一双好鞋，也舍不得让污泥给弄脏了。再说泥土具有难以抗拒的亲和力,从小我们就爱赤脚走路。赤脚走路是乡村人区别于城里人的重要特点之一。

小时候我可没少挨刺扎,记忆中,从童年到少年好像是一个持续拔刺的过程。不但是脚板,手指也经常遭刺扎。那时一年四季都上山砍柴,每次砍柴手指难免会被躲在枝上的刺儿扎上一二根;砍柴时只能穿破旧的鞋,因为即便穿新鞋,要不了几回,新鞋也会被尖锐的柴根、石头、荆刺弄得不成样子。那是不划算的,还不如干脆就穿旧鞋。旧鞋穿久了,鞋底就会磨成薄薄的一层,躲在地上的刺儿就会透过鞋底扎进来。

大多数旧鞋总会走在半路上穿帮,因为旧鞋即使再烂再破,只要不穿帮,主人就舍不得扔,以为还可以再穿一回,而其实旧鞋只剩半回的生命了,往往不等回家就穿帮了。鞋子穿帮了,脚就有得苦了,每走一步,山坡上砥脚的尖物会让你痛得直哆嗦。脚板一会儿痛麻木了,再多的刺儿扎进来也就感觉不出了。要等到把柴担回家,洗了澡,脚板逐步复苏,细细腻腻这里那里的疼才会把刺的准确位置反映给你。

可也别把挨刺儿的事想象得那么糟糕,乡村里每一件农活都不那么"秀气",都会让劳动者身体的某个部位感到疼痛或者疲乏。如果说挨刺儿是一件遭罪的事,那么拔刺儿可就是一种小小的享受了,不过得让别人拔。小时候钻进我肌肤里的大多数刺儿是我母亲拔的。农事繁忙,平时母亲很少有时间亲近我们,只有等到劳动时扎了刺儿,母亲那双温柔的手才会拾起一根细针在我们的手指或脚板心拨划。记忆中,挑刺儿多是在晚上,母亲把一盏如豆的油灯移近来,让我趴在床上,脚板反过来高高地搁在椅子上。由于灯太暗,母亲几乎把脸贴到了我的脚板心,她热乎乎的呼吸就在我的脚板心上细细微微地舔着。母亲右手握针,左手轻轻地在我的脚板心上游移。我稚嫩的脚板自然少不了杂七杂八的伤痕和疤迹,母亲就发出一些怜爱的虚叹。每每这时，我就会感到幸福得像花儿一样，恨不得母亲不要一下子把刺儿找着才好。

母亲用手这里那里轻轻地点着，我突然疼得一颤，那就是扎刺的地方了。挑刺时，母亲往往先要拈起针在她的黑发里拨划两下，那种优美和从容是无法用语言形容的。母亲用左手捏住扎刺地方的皮肉，防止毛细血管渗出血来；右手则小心翼翼地动着针。

要不了一会儿，母亲就将刺儿挑出来了。我嫌她太快，觉得不过瘾，就骗她还有哪哪也扎了刺儿，待母亲在我的脚上挠摁半天，我才笑出声来。母亲知道我骗她，就嗔骂一句，把我的脚从椅子上拨下来，藏好针，转身做别的事去了。

母亲也给父亲挑刺，但父亲的脚板手心太沧桑了，上面麻麻点点，沟壑纵横。母亲有时找上半天也找不到刺儿所在。揉揉眼睛的母亲再要找，父亲就不耐烦了，说好了好了，找不到算了，忍一忍也就过去了。而其实忍一忍并不能过去，刺儿扎在肉里非得要长出疔来才会不疼，父亲的脚板上就有三四个疔，手掌上也有一二个疔。我没有。

至于母亲，我不记得了，我猜肯定有。我和父亲扎了刺都叫母亲挑，而母亲扎了刺，究竟是谁给她挑呢，我记得母亲开始也让我们挑，但常常是刺还没挑出，血先流出来了。

后来母亲就再不要我们挑了。我猜是等到我们睡下了，她自己拿一根针别别扭扭地挑着吧。母亲之所以能成为母亲，是因为她既能照顾好我们，还能照顾好她自己。而照顾好了她自己，就能更持久地照顾好我们，一个家就可以这样在岁月里延伸。

现在我突然记起我堂姐了。堂姐是个半傻的人，一年有三百天以上的时间在山上砍柴，又从不穿鞋，所以她的刺扎的最多。但她母亲从不给她挑刺，她自己也不挑，就这么痛着忍着，不声不响长了一脚板的疔，后来她的脚板竟硬得像铁板一样，再硬的刺儿也扎不进了。

随之硬起来的可能还有她那颗业已麻木的心。因为小时她还能对人笑笑，稍大一点就再不笑了。但就算脚板和心都硬起来了，人总还有脆弱的地方，有一天，山上的一块滚石碾断了她的弱腰，她就死了。是她死后，她母亲才发现她的脚板比铁板还硬，而且大得变形，连寿鞋都穿不进。大概没什么人记得她了，我偶尔记起了，就顺便写两笔。我是说，幸福与否跟贫穷无关，跟挨不挨剌儿也无关。

田垄上的婴儿

农事繁忙，母亲没法待在家里。分蘖后的禾苗将要抽穗，是最需营养的时候，而稗草却在田里兴风作浪，疯狂地争夺基肥。相对禾苗而言，稗草似乎是永远的掠夺者，娇嫩的禾苗如娇嫩的婴儿，急需母亲那双慧手去扶弱祛强。

母亲只能出去劳作，却不放心婴儿独自待在家里。在无人照看的家里，平常的器皿或家兽都将对婴儿的生命构成威胁。母亲寻来一块绑兜，将婴儿绑在背上。然后提着锄头出门。

到了田间，母亲才知婴儿经不起劳作时俯仰间的折腾，稍不留神，在母亲弯腰拔稗之时，婴儿就会顺着母亲的溜肩栽进水田。

母亲用锄头在田垄上刨了一个小洼，再刨些茅草铺在上面。母亲用手压压，柔柔软软的，母亲就笑了。母亲解下背上的婴儿放在洼中。田垄上一尺来高的野草，在婴儿的眼里就成了茂密的森林，婴儿很乐意生命中有这种崭新的印象，他冲着草叶上闪闪亮亮的露珠直乐。

母亲又找来一些枝多叶阔的枝条插在洼的四周，给婴儿搭起一片凉荫，以阻挡渐渐升温的日头。

母亲开始放心劳作。好大一丘稻田，好旺一片稗草，远远望去，看见的只是稗草昂扬的头颅，温和敦厚的正主反倒委身稗草之下，畏畏缩缩地生长。今天母亲的任务就是清理门户，重振朝纲。以保证付出的劳动能换回一个丰收的秋季，以保证种瓜得瓜、种豆得豆的民谚能一茬一茬传下去。

同稗苗高过禾苗一样，稗根也比稻根要发达得多，稗根紧抱泥土，母亲拔出稗草就会拔出一个泥坑。这是个力气活，产后的母亲没有多少气力，所以她拔得很费劲。但母亲没有别的选择，消灭这丘田里的稗草已成了她这个晌午铁的任务。

母亲把稗草从禾苗中分辨出来，然后用双手紧紧抓住，双腿弓成马步，身子稍稍后仰，再突然发力，"啵！"一声稗草被连根拔出。

半晌过后，婴儿第一声啼哭终于从田垅上嘹亮响起，几只野雀扑棱棱惊飞。母亲眉心一颤，失魂落魄地赶到田垅，踏得泥水飞溅。但母亲发现，除了草叶上的露珠已被燥热的日头吞噬了外，婴儿周围的环境并没改变，也没有什么危险因素潜伏。婴儿啼哭，是他已厌烦四周久无变化的环境。母亲叹了一口气，她洗净手，逗婴儿一会儿。但她才走开，婴儿又嘤咛哭起。母亲一狠心，没再理他。狠了心的母亲似乎增长了不少力气，拔稗的速度加快了。

"嘿！"那是母亲使劲时发出的声音；

"啵！"那是稗草从泥中拔出的声音；

"嗒！"那是母亲扬手甩稗，稗草落在田埂上的声音。

然而母亲乏匮的力气越来越不匀称了，母亲终于因用力过猛，一屁股跌在水田中。

爬起来的母亲，顾不上自己的不适，急忙忙扶起被压坏的禾苗，嘴里发出些心疼的叹息声，仿佛压坏的不是禾苗，而是自己的孩子。

而这时婴儿的哭声变得急剧起来,不再是哭一声停一下的那种,但母亲已无法回头,浑身的泥水已没有可供婴儿偎依的地方。何况悬空的日头已渐烈渐毒,悬空的日头已不允许母亲作无谓的逗停,婴儿这时需要的是回到厚瓦重木之下的家中,需要的是捧着母亲多汁的乳房吮吸。母亲只有尽快将稻田里的稗草清除出去,才可能满足婴儿意愿。

母亲的判断是对的。枝条所遮构的薄荫已挡不住日头下渗的热力,婴儿满头大汗,哭是婴儿唯一的武器,哭声犹如一支支射出去的利箭,但却全都戳在母亲心头,对稗草和日头毫无作用,稗草依然挡住了他们回家的路;日头在继续恶化他们的存在空间。哭只能加快婴儿体内能量和水分的消耗,饥饿也因此入侵婴儿脆弱的身体。

母亲的判断也是错的。母亲只知道白天的田垅极少有长蛇溜窜,即使有,也会被婴儿裂人心魂的哭声吓跑。但母亲忽略了两种小动物——牛虻和蚂蚁,就像忽略了自己双腿上吸血的蚂蟥。相对饥饿和热窒息而言,牛虻和蚂蚁这时是婴儿最大的敌人。小洼周围开始并没有牛虻和蚂蚁,是婴儿特有的体味引来了它们。牛虻六七八个在攻婴儿的上侧;蚂蚁数十上百在攻婴儿的下侧。它们选择的都是婴儿身体最柔弱的部分,也是婴儿的要害部位,譬如眼睛,又譬如阴囊。每叮一下,每咬一口,婴儿都痛得连心。婴儿在拼命地哭,拼命地舞手,拼命地蹬足。婴儿像热锅里的一条泥鳅,像火炭之上的一个黑奴!

母亲忍着被哭声扎碎的心,忍着夺眶而出的眼泪,母亲铁青着脸,一副誓死力拼的样子。母亲弯腰拔稗,直身甩稗,母亲的身影在稻禾和稗草间隐隐闪闪。一声声暗哼、一瓣瓣汗珠让千重万重的禾叶都为之微微闪颤。这时的母亲不再是除奸匡正的强者,而是误入敌群的困者。所有稗草都在她面前张牙舞爪,困阻她回家的脚步。这时的母亲只求能杀出重围,再去解婴儿之困。用力过猛的母亲一次次跌倒,又一次次爬起。母亲在心疼婴孩，又在心疼禾苗，披头散发的母亲神志有些混乱，精神有些恍惚。

烈日之下，村庄之外，田野之中，一场无声的混战就这样惊心动魄地进行着。毒日和稗草是母亲和婴儿共同的敌人。蚂蟥是母亲独自的敌人，只是母亲尚不知道。蚂蚁和牛虻是婴儿独自的敌人，只是母亲也不知道。母亲和婴儿是心连心的亲人，但他们无法互通信息，共同作战。婴儿太弱小，他不懂作战方法，他射出的哭声，于敌人丝毫无损，却扎碎了自己战友的心。母亲太愚朴，她只知道出门后干完一件事再回家，这是村庄千百年来的约定俗成，就像某种生命基因已种植在她的血脉之中，母亲不懂变更圆通。她不知道她本来可以带着婴儿逃离战场。

就这样，母亲拔呀拔呀，婴儿哭呀哭呀。

这是一场力量悬殊的战斗。这是一场接近生死的战斗。

但在每个夏季，村庄之外的田野都会演绎着同样的战斗。

…………

不要担心战斗的结果。母亲是村庄祖祖辈辈的母亲，婴儿是村庄世世代代的婴儿。

只要村庄一茬一茬鲜活地延伸下来了，母亲和婴儿就不会在战争中最终失利。

杀出重围的母亲和婴儿虽然都已精疲力竭，但毕竟生命还在。吉祥的村庄会舔润他们乏倦的身子，夜露和星月会重新浇醒他们对日子的憧憬，而秋季报恩的稻谷会供给他们的铁骨钢筋以精气神。

村庄里的生命总会在星空下的梦夜返青。早晨起来，母亲和婴儿伸一下懒腰，就发现彼此又像夏雨后那一枚枚舒展自如的树叶。

农事依然繁忙。

腊月·故乡

一

腊月是一个年的底，故乡是一个人的底。到了腊月，人们自然就会想起故乡。想起故乡，心底就会泛起一些情愫，或温暖、或凄清、或怅然。眼睛里也会多些光泽，却不会增几分精神。因为脑海忽然闪过故乡的人，会出现短时间的灵肉分离。这时候，人会显得有些痴滞与疏离。眼神虽亮，却因蒙了薄纱般的水雾，反倒有一种不可与共的空灵与迷蒙。

比如现在的我，就想一个人好好待一会儿。

昨儿冬至，今儿进入腊月。年底逼近，心劲突然一散，人就像折了舵柄的行舟，一下子没了方向。而心之所向，唯有故乡。想起故乡，只一会儿，骨子里所有荒芜，意念处全部干枯，都变得水灵水润起来。这时才发现，无论一个人多苍老，故乡永远是他返老还童的秘境，是他丰沛情感的根源，是他留恋世界的原点。

曾以为，自己已写尽故乡。后来才知道，故乡是写不尽的。一个人有多少年岁，就会有多少表里故乡；有多少情绪，就会有多少颜色故乡；

有多宽视野,就会有多少时空故乡;有多少学识,就会有多少哲史故乡。

小时候,待在故乡没出来,腊月能牵动记忆的东西,可就多了。按时序,腊月本是一个冷词。小时候的气候也确定比现在冷得多。到了腊月,即便天晴,池水也会结冰;若是下雨,枝头的湿雨常会冻成雾凇;若下雪,那冷得自然更是不像话。脚后跟、手背,甚至双颊都会生冻疮。但就有那么怪,腊月给整个童年的印象,竟是温暖的、蓬勃的、喧闹的、丰盛的,比任何一个月都要红红火火。

腊通猎字。跟食物有关,也跟祭祀有关。所以腊月最让人记忆深刻的是忙年食。炒豆子、炒薯片、炒糯米、炒瓜子、炒花生,铲子唦唎唦唎,每天与一锅热沙,摩擦不停。同时还得蒸年糕,磨豆腐,做米粉,擀糍粑,杀年猪,熏腊肉,宰鸡鸭、捉塘鱼、搞卫生……

腊月里每个晴日,都值得珍惜;每个雨天,也不能浪费。一桩桩活计,都势在必行。里面含着约定的风俗、熟稔的工序、温暖的亲情和喧闹的烟火,像一帧帧色彩斑斓的流动画卷,稍微粗枝大叶,就会导致某道工艺失败,一个年就会过得有遗憾。

腊月里,在远方谋生的村人会陆续返回。山村就像一眼静寂无物的池塘,多加一人,就多一人的鲜活与丰盈,等到清冷的村庄热闹起来,这满池鱼跳虾跃、人喧马嘶的模样,就是浓浓的过年氛围。

我家亲戚少,记忆里,唯有舅舅们最亲。我妈年长,我度童年的时候,舅舅们还是少年心性。那时大舅刚参加工作,腊月里他会买很多礼物回家,人人都有份,我与小妹则最多。在大舅那儿,我与小妹被宠成了王子公主,有两个舅舅比我年龄还小,他们可没这待遇。

二舅那会儿在读中学,他会带着一肚子学问回家,他是校学生会的,很自信,也很能讲。很多人文典故常把我们逗得哈哈大笑。跟他在一起,无论干多烦琐的农活,都不觉得厌烦。

三舅大不了我几岁,很早就去广东打工。他话少,人实诚,一年到头赚来的钱，会如数交给外婆。一年眉头难展的外婆，那时会有短暂的喜上眉梢之态，握钱的手都有些颤抖。她太需要这钱补贴家用了。三舅曾救过溺水的我，之后只要他在身边，我就会有一种世界很安全的感觉。

当舅舅们返回村庄，我往往会赖在外婆家与舅舅们同吃同住。那时会觉得自己是天底下最幸福的人。腊月底一大家子人聚餐时那种笑语盈盈、插科打诨的欢闹场景，几十年过去了，仍能让我的心热热的。

惊回首，突然发觉外公、外婆、母亲都不在了。父亲已垂垂老矣。我与舅舅们也都到了儿孙满堂的年纪。忍不住要叹一声：时间都去哪儿了？

二

等到自己在长沙安了家，腊月给我的感觉，开始带着淡淡的愁绪。故乡与父母，都远在天边似的。每年回家，都隐隐藏着一分无奈。再不像少年在外读书时那么纯粹了，想起故乡，就恨不得如飞鸟投林，射入它的怀抱。

这时的自己，就像那条漫长的乡路，一头系着故乡与父母，一头系着城里的小家与妻儿。故乡是我与父母的故乡，却不是妻儿的故乡。他们没在那个山村奋斗过，挣扎过，找不到那种贴心贴肺、呼吸与共的感觉。甚至随着人事的变迁，童年的故乡也在一点点往岁月深处隐退，不再是我熟悉的地方。好在，无论父母的容颜怎么变化，他们的言行举止，仍是我在世界上最熟悉的味道。而只要父母不陌生，故乡就依然是心灵的栖憩地。

第一份工作干了十五年。因为工作性质特殊，我每年都要大年三十才返乡。先搭大巴到县城,从县城搭中巴回镇上,还要走八九里泥地,才能抵达那个心心念念的山村。

如果顺利,刚好可以在薄暮前到家。可往往并不顺利。比如说,往返县城与镇上的中巴没有时间观念,为了让车子满员,无论旅客怎么催促,车主都要等到再也等不到客人为止,才肯发动车子。

又比如说,年货拿得太多,天又下雨,一路泥泞,步履艰难,妻倦儿困,无计可施。又因通信不发达,彼此无法呼应,父母只能在家傻等。等得焦急难耐,万念丛生。年夜饭往往热了又热。有时要到晚上八九点钟,我们才进家门。那时,所有过年的气氛都没有了。

三个泥人,一身湿透,洗澡又不方便。每个人一肚子怨气,又不好发作,只能胡乱吃几口,简单洗涮,上床囫囵而睡。大年初一,若没人感冒发烧,算是万幸。若有人生病,整个春节一家人都过不好。

对妻儿来说,每次回乡过年,都如同劫难。腊月一直天晴还好,若常下雨,怎么劝,都不想回去。那条满是泥泞水洼的乡道,早成了他们不寒而栗的记忆。

好在,父母很早就没耕种了,有时他们会早早来到城里,跟我们一起过年。及至笑儿读中学,整整六年,父母都在城里陪读。一家人各司其职,陪着笑儿考完中考再冲高考。关于腊月与故乡的记忆,便遥遥地抛在脑后了。

三

笑儿上大学才一年,母亲就因癌病离世。腊月三十,人家喜气洋洋过大年,我们哭哭啼啼送母亲上山。然后一家人就着葬礼的剩菜剩饭，度过一个寒冷而漫长的春节。我以为以后与故乡的联系会出现断崖式减少，谁知老父亲执意要守在乡下生活。所以随后这些年，返回故乡的次数反倒多了。这样一来，故乡四时之景，又尽收眼底。

也是在这时，陌生的故乡竟变得新奇起来。我想象不出，在我的有生之年，一辆小车就可以从长沙所在的小区，直接开到老家禾坪。中间还都是平坦的柏油马路，以前起个大早、赶个大晚的路程，现在三个多小时就够了。

村庄面目全非，所有的老屋全部湮失不见了。洋楼东一幢，西一幢，把童年赖以玩耍的山坡全部占领。松林没了，竹林没了，跟着消失的，还有躲迷藏的草垛、看月亮的苦楝树，以及流传鬼怪与狐仙的荒甸。就在我发愁孩子们依靠什么度过现在的童年时，才发觉村庄没几个孩子，全搬到镇上和县城，或者去了更遥远的南方。唯有种粮大户的两个孩子，还留在村里。两个人也笑闹，也追逐，但他俩的笑闹追逐显得是那么的孤单。

不见猪，也不见牛，猪栏牛栏也不存在了。耕田的全是铁圪塔，开动起来，跑得快，噪音也大。只要一台，整个垅野，就全被它的声音霸占。它叫得很欢，却也很寂寞。村里所有田地都被种粮大户承包了。以往农忙时，十几头耕牛的劳动量，现在一台铁圪塔全部搞定，所以活该它形单影只。这么一说，乡村的现代化注定是一项孤独的事业？

原以为母亲去世，是真的离开了。现在才发现，母亲与故乡长在了一起，故乡在母亲就在。反倒是荒山那陌生的一角，如今也被父亲打造成了一块熟稔之地。每次回家，都要在母亲的坟边，坐上好久，有时自言自语说一阵子。更多时候，就是坐在那里，感受阳光的煦暖和风流过草木的声音。世界如此安静，隔着土堆，仿佛仍能听见母亲的心声。

童年玩耍的山坡，虽被洋房占住，但少年更大的活动区域，则完全成了草木的天堂。树木茁壮，呈参天之态。藤蔓妖娆，呈合围之势。就在去年，我突然好奇，想找到山麓古松下那块平坦的巨石。少年放牛时，我常四仰八叉地睡在那块石头上。而现在，即便父亲这样熟悉故乡一草一木的人，竟也没办法靠近那棵古松。他带着我在林子里绕了好久，藤蔓灌木阻断了我们所有的记忆。远远望去，那地方已是巨松一片，根本分不清究竟是哪棵松树下面，有我躺过的石头。

从小到老，一直都是以那个叫瑶池的村小组为核心，把四周当作点缀它的风景。瑶池内部则没有风景，有的全是数不清的情绪碎片。它一地鸡毛，充满了悲欢和厌喜，就像一个小小的浮世绘。可有一回，相邻村小组的一个女孩，在她家房顶架了一台摄影机，以瑶池为背景，对着山麓下的一垅梯田，拍摄了一上午，又将它浓缩成三分钟。那是个微雨的天气，四野青翠欲滴，我的瑶池就掩映在这浩沛无边的绿意之中，就像中外文学名著里描写过的艳丽山庄。一部分白云，纱巾般从山腰神奇出现，又神秘消失。更多的白云，大片大片，从故乡的头顶流过，天河一般奔赴天际。

我看得痴了，并且在很长一段时间，不停地重复播放。我从来都不知道，熟稔的故乡，竟会呈现出这般异质的美丽。甚至在头两遍，我都没发觉，这个世外桃源，竟然是自己故乡。而我在这异美故乡，曾经懵懂地生活了十几年。

也就是从那一刻开始，我的世界观发生了蜕变，我从旧壳里挣脱出来。故乡还是那个故乡，但我心中，不再背负那份没来由的沉重乡愁。既然故乡的变化不可阻挡，我只当它是可以不停探新的丽地。儿时熟悉的记忆虽然湮灭，但只要经常回家，就会有熟稔的事物，不断诞生。

并且，告别了物质匮乏的年代，不止是在腊月，而是在任何一个月返回故乡，心身都能获得童年在腊月里才有的慰藉和满足。